表御番医師診療録8

乱用

JN178719

上田秀人

角川文庫
19924

目次

主要登場人物

●矢切良衛《やきりりょうえい》　江戸城中での診療にあたる表御番医師。今大路家の弥須子と婚姻。息子の一弥を儲ける。その後、御広敷番医師から寄合医師へ出世する。

●弥須子《やすこ》　良衛の妻。幕府典薬頭である今大路家の娘。

●三造《さんぞう》　先代から矢切家に仕える老爺。良衛の身の回りの世話から診療の手伝いまで行う。

●今大路兵部大輔《いまおおじひょうべだゆう》　幕府の典薬頭。弥須子の父。

●徳川綱吉《とくがわつなよし》　第五代将軍。良衛の長崎遊学を許す。

第一章　女の急報《しらせ》

一

一刻を争う急患のため医者の門は閉じられてはならず、心の救いを求める者のため寺院の門は開かれていなければならない。

真夜中ながら延命寺《えんめいじ》に駆けつけた遊女屋引田屋《ひきたや》の女将《おかみ》が、潜り門を叩《たた》いてすぐに応答はあった。

「どなたじゃ。お参りでござるかの」

門脇の小屋から修行僧が応答に出てきた。

「引田屋の常《つね》でございまする。夜分遅くに申しわけございませぬが、矢切《やきり》先生に急用で参りました」

女将が名乗った。

「引田屋の女将どのか。すぐに開けまするゆえな」

修行僧が潜り門の閂《かんぬき》を開けた。

「ごめんをくださいませ」

あわてて女将が、なかへ走りこんだ。

「これこれ。暗い境内じゃ。走れば、敷居や石段で転びますぞ。お医者へ来て、怪我をしては本末転倒でござろう」

修行僧が宥《なだ》めた。

「さ、さようでございました」

少しだけ女将が落ち着いた。

「ご案内いたしましょう。拙僧はここで二十年生活いたしておりますれば、目を閉じていても大丈夫でございますからな。さあ、参りましょう。……ここから石段がございますぞ」

修行僧が、女将の前に立った。

「ここでお待ちなされ」

修行僧が女将を制し、矢切良衛《りょうえい》とその従者三造《さんぞう》が間借りしている離れへと近づいた。

「遅遅《おそおそ》に申しわけございませぬ。矢切先生、患者さんがお見えでございますぞ」

離れの雨戸を修行僧が叩いた。

「……へえい」

縁側に近い小間で寝ていた三造が起きあがった。

「御坊、どうなさいました」

三造が離れの戸を開けて、顔を出した。

「引田屋の女将がお見えでございまする」

修行僧が告げた。

「……引田屋の女将が。先生に声をおかけいたしまする」

三造が踵《きびす》を返した。

「聞こえている」

奥の間との間を仕切る襖《ふすま》を開けて、幕府寄合医師矢切良衛が現れた。

「先生、遅くにすみませぬな」

「いえいえ、医者に遅いも早いもございませぬ。お気遣いなく」

良衛は修行僧に手を振った。

「女将、お許しが出た。では、拙僧はこれで」

修行僧が、女将に場所を譲ってさがっていった。

「先生……」

「そこでは話が遠い。なかへお入りあれ。三造、灯《あか》りをな。あと戸を開けておけ」

夜半に女《おなご》を招き入れるとなれば、離れを明るくするだけでなく、いつでも逃げ出せるように戸を開けておくのが礼儀であった。

「それどころではございませぬ」

良衛を見て、女将がふたたび焦り始めた。

「今すぐ、先生、お逃げくださいませ」

「……落ち着かれよ。それだけでは、意味がわかりませぬ」

良衛が女将へ近づいた。

「ゆっくりと息を吐きなされ。蚕が糸を吐くように、細く長く。吐ききったら、同じように糸を吸いこむように息を」

拍子を取って、良衛が女将の鎮静をはかった。

「……はああ」

腰の痛みを一回で取ったという信頼が、女将を従わせた。

「……先生」

数回の呼吸で、女将の目が穏やかになった。

「ではあらためてお話を伺おう」

良衛が促した。

「取り乱しまして、申しわけありませぬ。夜中に無理に押しかけて参りましたのは、今夜わたくしどもの見世に、四人のお武家さまがお出《い》でになり……」

女将が語った。

「……愚昧《ぐまい》の名前が出た」

「はい」

聞き終わって念を押した良衛に、女将が首肯した。

「先生」

後ろで聞いていた三造が、表情を硬くした。

「武家か……奉行所の者とは違うのかの」

口調がきつくならないように気遣って良衛が女将に問うた。

「お奉行所の皆さまならば、お顔を存じておりまする」

女将が否定した。

「となると……どこの関係であろう」

良衛は首をかしげた。

綱吉《つなよし》に毒を盛ろうとしたことを防いだり、大老堀田筑前守正俊《ほったちくぜんのかみまさとし》刃傷《にんじょう》の裏を暴いたりと、良衛はいろいろと手柄を立てている。その褒美として念願の長崎《ながさき》遊学が認められたのだ。

だが、それは良衛のために痛い目を見た者たちにとって邪魔者である、との証《あかし》でもあった。

「心当たりが多すぎるのも困りものだ」

「まことに」

良衛の嘆息に三造が同意した。

「えっ……」

顔を見合わせて苦笑している主従に、女将が唖然《あぜん》とした。

「どうかいたしたかの、女将」

良衛が首をかしげた。

「先生、お逃げになりませんので。相手は四人のお侍でございまする」

女将が驚いた。

「逃げるにしても、このような夜中ではな」

「はい。よく知らぬ地で、足下の暗い間に動き回るのは、あまりよろしくございませぬ」

良衛に話しかけられた三造がうなずいた。

「わたくしが街道筋まで」

女将が先導すると言った。

「ありがたいが、幕命で長崎へ医術修業に来ておるのでな。途中で投げ出すわけにはいかぬ」

良衛が首を左右に振った。

「先生、そのような……」

「大事ござらぬ」

また興奮し始めた女将へ、良衛は穏やかな笑みを浮かべた。

「…………」

恐怖も緊張もしていない良衛の姿に、女将が言葉を失った。

「その四人の侍は飛び道具を用意しておりましたか」

「いいえ。そのようなものはお預かりしておりませぬ」

良衛の確認に、女将がないと答えた。

場末の岡《おか》場所ならばまだしも、まともな遊女屋は、登楼する客の武具を預かる決まりであった。

なにせ、酔ったり、女を抱いたりするのだ。相応のもめ事は起こる。泥酔して暴れる、女に振られて怒る、他の客とちょっとしたことで口論から喧嘩《けんか》に発展する。

そのとき手元に武器が有れば、当然使おうとする。

事実、武器を取りあげていなかった初期の吉原《よしわら》では、毎日のように刃傷沙汰《ざた》が起こっていた。それがあまりに多すぎるうえ、武士同士のもめ事の場合も少なくなく、町奉行所では対応しきれなかった結果、遊郭に町方は手を出さないという慣例ができた。ようは、臭いものに蓋《ふた》という手段を御上《おかみ》が執った。

となれば、遊郭は自前で対応しなければならなくなる。腕の立つ用心棒を雇うには金が要る。やむをえず、争闘予防のため、武具を預かるようになった。

「ならば、どうということもなかろう」

「ですから、どうして」

鈍感な良衛に、女将が悲鳴をあげそうになった。

「刺客となる前夜、女を抱くような心得のない者どもに負けはいたさぬ」

重い声で良衛が断言した。

「えっ……」

女将が良衛の変化に戸惑った。

「少しお話をせねばならぬが、女将、戻らずともよいのかの」

見世のほうは大丈夫かと、良衛は問うた。

「何十年と帳場を預かっている大番頭がおりますゆえ、見世はわたくしが二日や三日いなくとも困りませぬ」

問題はないと女将が応じた。

「三造、茶をくれ。濃くしての」

良衛が三造に指示した。

「わたくしが」

女将が三造に代わって、茶を淹《い》れた。

「……矢切家は、医者が本業ではござらぬ」

茶を一啜《ひとすす》りした良衛が話し始めた。

「もとから徳川《とくがわ》家の旗本でござった」

目通りのできぬ御家人でも、他に対して名乗るときは旗本と称する。これは天下の征夷大将軍《せいいたいしょうぐん》の直臣としての矜持《きょうじ》であった。

「我が先祖は、幾多の戦場を生き抜いている間に、外道の術を身につけ、旗本として将軍家にお仕えする傍ら、医業をなして参ったのでござる。それが、愚昧の代で表御番医師に推されて、転籍いたしただけ」

「先生はお武家さまだと」

女将が問うた。

医者は頭を剃《そ》ることからもわかるように、僧侶《そうりょ》として扱われる。そして、僧侶ほど殺し合いから遠い者はいなかった。

「そういうことでな。役目柄、医術よりも得意だとは言えぬが……剣は遣える」

「はああ……」

良衛の言葉に、女将がなんともいえない顔をした。

「いえ、でも、向こうは四人でございまする。先生お一人では」

「一人ではないぞ。この三造もそこいらの道場では、上から数えたほうが早いくらいの腕をしている」

否定する女将に良衛が述べた。

「…………」

女将が呆然《ぼうぜん》とした。

「それにな。女を抱いた翌日は、腰が据わらぬ。腰の筋を使いすぎるからな」

「たしかに」

遊女屋の女将だけのことはある。女将は良衛の下卑た話にも頬一つ染めなかった。

「腰の浮いた侍など、畑仕事に熱心な百姓よりも劣る」

「さようでございまする」

良衛の比喩《ひゆ》に、三造も同意した。

「はあぁ」

女将が大きく息を吐いた。

「では、お報《しら》せせずとも」

「いいや。教えていただいてうれしかった」

良衛が感謝した。

「心構えができただけでもありがたい。なにより、寺に押しこまれては迷惑をかけるであろう」

「お寺に迷惑……ご自身のお命が狙われているというのに……」

女将があきれた。

「医者だからな。人の死を防ぐのが仕事よ」

良衛は笑った。

二

五代将軍綱吉の寵愛《ちょうあい》を三日にあげず受けているお伝《でん》の方は、一月《ひとつき》振りに訪れた体調の変化に嘆息した。

「今月もだめであったか」

真綿を白絹でくるんだものを股間《こかん》にあて、ふんどしに似た帯を上から締めたお伝の方が天を仰いだ。

「先月は、十夜にわたってお添い寝を許された。だけではないぞ、少なくとも一夜に三度、日によっては五度もお情けをいただいたというに……なぜ、孕《はら》まぬ」

大きくお伝の方が首を左右に振った。

「お方さま」

「なんじゃ、深雪《みゆき》」

声をかけてきた配下の中臈《ちゅうろう》に、お伝の方が顔を向けた。

「恐れながら。他人払《ひとばら》いを」

「ふむ。よかろう」

深雪はお伝の方が将軍側室となる前から仕えてくれている古参の女中である。お伝の方の腹心と言っていい。

「お方さまのお食事とお風呂《ふろ》を調べるべきかと存じまする」

他人払いを待って、深雪が進言した。

「なぜじゃ」

お伝の方の表情が険しいものになった。

「失礼ながら、お方さまは神田館《かんだやかた》にあられたとき、お二人のお子様をお産みになられましてございまする」

「……大奥に移ってから懐妊しなくなったと」

「神田館のころから、お方さまは上様のご寵愛を一身に受けておられまする」

「情けを受けた回数が減ったわけではないな。たしかに」

深雪の言いぶんをお伝の方は認めた。

「大奥で、妾《わらわ》になにかしらの毒が盛られていると」

「そう考えるしかございますまい」

深雪が首肯した。

「しかし、毒味はしておろう」

将軍の側室で、死んだとはいえ世子の母のお伝の方である。食事や茶の毒味はなされている。

「お命にはまったく働きかけず、懐妊の邪魔だけをする薬などだと毒味ではわかりませぬ」

毒味はその場で異常がでるかどうかだけしか調べられない。食べてから相当なときを経て発現するものなどは防げなかった。

ましてて、大奥で妊娠できるのは、将軍の側室だけで、一般の女中には許されていない。妊娠を阻害する薬など使われていてもわかるはずはなかった。

大奥は男子禁制なのだ。

「奥医師どもで調べることはできぬのか」

お伝の方が尋ねた。

「奥医師どもは、そこまで調べておりませぬ」

中臈は奥医師より上である。深雪が嫌悪の顔をした。

「ただちにさせよ」

首を振る深雪に、お伝の方が命じた。

「はっ」

深雪が手を突いた。

側室は月の障りが終わるまで、将軍の閨《ねや》へ侍《はべ》れない。お伝の方は六日の間、局《つぼね》でひたすら精進潔斎に努めた。

「……やっと終わった」

股間に当てていた白絹がきれいなままであることを確認したお伝の方が安堵《あんど》した。

「上様のもとへご報告を」

「ただちに」

局の使番が、中奥との連絡の場となる上の御錠口《おじょうぐち》へと走った。

寵姫《ちょうき》の報せは、ただちに綱吉のもとへ届けられた。

「そうか。伝が戻ったのだな。ならば今夜、伽《とぎ》を命じる」

綱吉がお伝の方を閨にと告げた。

「かたじけなき仰せ」

報せにお伝の方がただちに伽の用意に入った。

将軍の閨に侍る。男にとって、ほぼ無防備となる状況を作り出すのが、側室である。万一のことがあっては大事になる。

いかに寵姫といえども将軍の閨に入るまでには、数多くのあらためを受けなければならなかった。もちろん、その前にすませるべきはすませておかなければならない。

まず、閨に侍ってからの用便などとんでもない。水を飲むくらいはできるが、ものを食べるわけにはいかない。かといって、空腹でお腹を鳴らすなど女として生きていられないほどの恥になる。

閨に入り、将軍を迎えるまでに、食事をすませ、風呂に入って身を清めておかなければならなかった。

それを終えて、今度は大奥女中による身体あらためを受ける。髪を解き、何度も何度も櫛《くし》で梳《す》き、小さな刃物を隠していないかどうかを調べられる。そのあと女の密《ひそ》か所と肛門《こうもん》の検査がある。なかに指を挿《い》れて異物がないかどうかを確認するのだ。

これは、将軍の御台所《みだいどころ》以外は寵愛深いお伝の方でも避けてとおることはできなかった。

将軍の大奥入りは、暮れ六つ（午後六時）ごろが慣例である。上の御錠口から大奥へ入った将軍は、小座敷へと通される。

小座敷は、大奥にとって客にしか過ぎない将軍の居間として用意されたもので、上の間、下の間、控えの間からなった。ここに入った将軍は茶を飲んだり、酒をたしなんだりして、閨の準備が整うのを待つ。

「どうぞ、お運びくださいませ」

お伝の方の用意が調ったと小座敷付の中臈が言上した。

「うむ」

綱吉がうなずいて、腰を上げた。

小座敷付の中臈は、仏間付の中臈と並んで、綱吉ともっとも触れあう。だけに、相当な美形が揃っていた。仏間付の中臈に、将軍は手出しをしない慣例であるため、実質は小座敷担当の中臈が、次の側室候補であった。

「そなた、兄弟はあるか」

小座敷から寝間へ至るわずかな間に、綱吉が訊《き》いた。

「恐れながら、兄と弟二人、姉、妹がおりまする」

問われた中臈が六人兄弟だと答えた。

「ほう、子だくさんじゃの」

綱吉の目が少し大きくなった。

「たしか、瑞穂《みずほ》と申したな」

「はい。大番組篠田《しのだ》万右衛門《ばんえもん》の娘、瑞穂でございまする」

確認された中臈が、早口で実家の名前も告げた。こうすることで、綱吉の寵愛を受けるにふさわしい家柄であると証明した。

「覚えておく」

「恐れ多いことでございまする」

中臈が感激した。

将軍とはいえ、大奥の主人ではない。大奥は将軍御台所のものであった。女中たちも私的な使用人を除いたすべてが御台所の奉公人である。綱吉が気に入ったからといって、その場で押し倒すわけにはいかなかった。

瑞穂を閨に呼ぼうと思えば、まず側用人へ話をして、望む女の身元を確かめる。大奥へ上がる前の行状はもとより、先祖に明智光秀《あけちみつひで》や松永久秀《まつながひさひで》の血が混じっていないかなど親元、親戚《しんせき》まで調べあげる。忠義の根本である将軍家に、謀叛《むほん》人の血が入るのはまずい。

そうして、問題ないかどうかを確認して、ようやく大奥へ報せ、御台所の許可を求める。

「しかるべく」

御台所の返答は決まっている。

武家で女の嫉妬《しっと》はみっともないとなっている。とくに名家の場合は、血筋を絶やさないことが第一の義務なのだ。己に子がなければ、丈夫そうな女を側室として推薦するのが正室の役目とされていた。

「では、今宵《こよい》、あの者を」

そこまでを経て、やっと綱吉は瑞穂を抱ける。これらの面倒な手続きも、将軍の血筋に一切の疑義や不満をはさませないためのものであった。

「御成《おなり》でございまする」

先に立っていた瑞穂が、閨の少し手前で声を張りあげた。

「えええええい」

大声を出しながら廊下に控えていた女中が襖を開け、続けて閨付の女中が寝室と次の間を分ける御簾《みす》をたくしあげた。

「…………」

頭を下げることなく御簾を潜った綱吉に、二人の中臈が近づき、身に着けていた衣服を剝《は》いだ。ふんどしまで取り去ってから白絹の夜着を羽織らせる。紐《ひも》の類《たぐい》は首を絞める武器になるため、用いられない。

「伝、入りまする」

さすがに閨では綱吉が主人になる。廊下にいた女中が、お伝の方の来訪を敬称なしで伝えた。

「ご無礼をいたしまする」

綱吉のときに比べて、御簾は半分ほどしか上げられない。お伝の方が、腰を折って御簾を潜り、夜具の手前で手を突いた。

「お召しをたまわり……」

「堅苦しいまねは不要じゃ」

決められた挨拶《あいさつ》をしようとするお伝の方を綱吉が制した。

「参れ」

「はい」

手招きされたお伝の方が、羽織っていただけの夜着を滑り落として全裸になった。

「けっこうでございまする」

閨の隅に控えていた中臈が、わざとらしくお伝の方の身体を確認した。

「……ご無礼を」

全裸のまま一度正座したお伝の方が平伏《ひれふ》して、膝《ひざ》で夜具へと入った。

「お会いしとうございました」

お伝の方が、綱吉にすり寄った。

「うむ」

綱吉が首肯した。

閨ごとは男女二人きりのものである。しかし、将軍と側室の場合は違った。さすがに夜具の敷かれた座敷まで他人《ひと》は入らないが、御簾の向こうで数人の中臈が待機していた。

一人は、将軍の用に備えるためである。事後、綱吉が水や煙草を欲しがったときすばやく対応するため、一夜不寝番《ねずのばん》として控えていた。

もう一人は閨の様子を確認するためにいた。翌朝、閨での様子を奥医師に報告し、たとえば何度綱吉が、お伝の方のなかに精を放ったか、一度終わってから二度目に移行するまで、どれほどのときがかかったかなどを事細かに伝えるのが役目であった。

最後の一人は、警固役であった。大奥の最奥まで入りこむ刺客などまずいないが、それでも放置はできない。万一に備えて、武芸をたしなむ女中がいなければならなかった。

「……上様」

動きの止まった綱吉に、お伝の方が感極まった声を出した。

「伝……」

続けて二度目に入ろうとしたのか、綱吉が伝の乳房をさすった。

「上様、しばしお待ちを」

「……どうした」

今まで制止や拒否を受けたことなどない。綱吉が戸惑った。

お伝の方が、外に聞こえないよう綱吉の耳元で囁《ささや》いた。

「少しお話を」

「近いわ」

綱吉がくすぐったいと身をよじった。

「ご辛抱を」

逃がさないとお伝の方が、一層強く綱吉に抱きついた。

「……どうした」

愛妾《あいしょう》の態度に綱吉の表情が変わった。

「外におります、奥医師の対応をする女中の耳に入れるわけには参りませぬ」

「あやつが、なにかいたしたのか」

綱吉が御簾の向こうへ剣呑《けんのん》な眼差《まなざ》しを送った。

「ならば、罰を……」

「違いまする」

あわてておお伝の方が、綱吉の勘違いを諫《いさ》めた。

大奥は女の城と言われる。だけに嫉妬は常にあった。とくに将軍の側室になったばかりの者へのものはすごかった。将軍の手が付けば、局を与えられ、相応の贅沢《ぜいたく》が許される。さらに寵愛次第では、実家にも恩恵は届く。己とは違って出世をした者の足を引っ張るのは、人として当然の感情である。

出る杭《くい》は打たれる。大奥ではまさに真理であった。

しかし、お伝の方ほどになると話は変わった。綱吉が将軍になる前からの寵愛で、男女二人の子供を産んでいる。まさに綱吉最愛の女といえる。そんなお伝の方に、どのような形でも嫌がらせなどすれば、綱吉からの報復を喰《く》らう。そう、出すぎた杭は打つにも届かなくなるのだ。

「あの者の名前さえ、わたくしは存じておりませぬ」

「ではなぜじゃ」

綱吉が首をかしげた。

「奥医師の耳に入れたくないのでございまする」

「……奥医師に……申せ」

少し思案した綱吉が、お伝の方を促した。

「じつは、深雪が申し始めたことでございまするが……」

お伝の方が懸念を語った。

「……孕みを邪魔する薬か」

綱吉の目つきが険しくなった。

「はい。でなければ、神田館では二度も上様のお胤《たね》を宿したわたくしが、大奥へ移ってから一度も懐妊いたさぬ理由がございませぬ」

「そうじゃ。躬《み》がそなたのもとへ通う回数が減ったわけではない」

綱吉も同意した。

「なるほどな。その怖れはある」

閨ごとに浮かれていた綱吉の雰囲気が完全に変わった。

「奥医師には問うたのか」

「なにとは申さず、わたくしの食事を調べるようにと指示をいたしましたが……」

「異常なしと答えてきたか」

「…………」

無言でお伝の方が認めた。

「役立たずどもめが……」

綱吉が吐き捨てた。

「あやつにさせよう」

「……あやつとは誰のことでございましょう」

お伝の方が尋ねた。

「南蛮《なんばん》医師じゃ」

「あの者には、南蛮渡来の孕み術を学ばせに長崎まで行かせておるのではございませぬか」

「そうだがな。それよりもそなたのほうが重要であろう」

「かたじけなき仰せとは存じまするが、南蛮の秘術も大事では」

お伝の方が言った。

「むうう」

綱吉も唸《うな》った。

「少し思案してみる。それまで、この話は一切他言いたすな」

「重々承知いたしております る」

釘《くぎ》を刺した綱吉に、お伝の方が首肯した。

三

遊女と一夜を明かした客に、朝餉《あさげ》は供されない。もちろん、一人で部屋を貸し切り、揚げ代の高い遊女を呼ぶ馴《な》染《じ》み客には、見世から出されることはある。だが、大広間でもっとも安い遊女を買った初会の客には、白湯《さゆ》さえ与えられなかった。

「水をくれ」

飲み代と遊女の揚げ代ですべての金を使い果たした福岡《ふくおか》藩黒田《くろだ》家の藩士たちは、空腹をごまかすために水を求めた。

「あいあい」

水は無料《ただ》である。長崎は海を埋め立てて拡がった町である。掘ったところで、真水はなかなか出てこないが、引田屋は敷地内に自前の井戸を持っていた。

遊女は湯飲みに水を汲《く》んできた。

「……また来る」

身形《みなり》を整えた藩士たちが、引田屋を出た。

「どうだ」

「うむ。丸山《まるやま》一と言われる引田屋だったが、あまり変わらないな」

「たしかにの。酒ももう一つであったし、女もそれほどではなかった」

肥田《ひだ》の問いに他の藩士たちが口々に不満を述べた。

「あのていどの金では、その辺の見世に揚がるのと同じだということだな」

「微禄《びろく》の我らには、あのくらいの妓《ぎ》がお似合いということか」

藩士たちが寂しそうな顔をした。

「おい、そろそろ気持ちを切り替えろ」

もっとも歳嵩《としかさ》の曽根《そね》が、浮かれていた藩士たちに注意をした。

「おう」

「わかっておりまする」

藩士たちが表情を引き締めた。

寝直した良衛は、夜明けとともに目覚めた。

「三造」

「へい」

女将に居室を譲った良衛は、三造の部屋で寝ていた。

「そろそろ」

「参りましょう」

良衛が出撃を促し、三造が同意した。

延命寺のある寺町《てらまち》は、その名前の通り多くの寺が軒を連ねている。坂の町といわれる長崎は、中央を流れる川から離れるにつれて山を登るように傾く。当然、人の住める範囲には限界があり、寺の門前をつなぐように設けられた路地は狭い。

大の男三人が肩を並べるのが精一杯であった。

「ここらでよかろう」

短い間とはいえ毎日うろついた延命寺から離れるのは得策ではない。迎撃をする側として、地の利を考えるならば、延命寺の近くを選ぶべきであった。

「挟みましょうや」

「いや、道幅がない。太刀を持っての戦いとなれば、二人並ぶのが精一杯だろう。そのていどならば、正面から迎え撃つほうが楽だ。分散して各個撃破されるほうがまずかろう」

「浅はかでございました」

三造が詫《わ》びた。

「かまわぬさ。さて」

気にするなと伝えてから、良衛は太刀の具合を確かめた。目釘の緩みがないか、柄糸《つかいと》に解《ほど》けはないか、草鞋《わらじ》の緒は切れそうにないか、どれ一つでも見逃せば、命にかかわる。

真剣勝負は、たった一つの失敗で命を落とす。

「……先生」

三造が緊張した声を出した。

「ああ」

良衛は首肯した。

朝日に正面から照らされながら、四人の侍が近づいてくるのが見えた。

「まだ抜くなよ」

「承知」

もし違っていたら大事になる。往来を塞《ふさ》ぐように抜き身をさげて立っているなど、奉行所へ報されても文句は言えない。

良衛は先手を譲るしかないと待った。

朝日に目を眇《すが》めながら歩いてきた肥田たちが、良衛に気づいた。

「正面に坊主がいるな」

「寺町だぞ。坊主がいて当たり前であろう。供の寺男もいるようだし」

肥田の疑問に曽根が述べた。

「そうだな」

曽根の説明に、肥田が納得しかけた。

「坊主にしてはおかしいだろう。刀をさしているぞ」

若い南条《なんじょう》が良衛を指さした。

「……まさかっ」

肥田が良衛を見つめた。

「愚昧に御用かの」

良衛が声をかけた。

「きさま、延命寺に寄宿している医者坊主か」

曽根が良衛をにらみつけた。

「無礼であろう。愚昧は御上寄合医師の矢切良衛である。口の利きかたに気を付けよ」

良衛は権威を振りかざした。

「……まずいのではないか」

南条が寄合医師の肩書きに怯《おび》えた。

「わかっていたはずだ。今更、すくむな」

肥田が南条を叱った。

「ほう……幕府に刃向かうと言うのだな。この謀叛人どもめ」

「……謀叛」

「それは……」

良衛の恫喝《どうかつ》に、藩士たちが動揺した。

武家にとって謀叛ほど罪の重いものはなかった。捕まれば切腹は許されず、武家としてもっとも恥ずべき斬首《ざんしゅ》となり、本人以外の九族《きゅうぞく》も皆磔獄門《はりつけごくもん》に処せられた。

「惑わされるな。たかが医者坊主を斬ったくらいで、謀叛になどなるか」

曽根が弱気になった連中を鼓舞した。

「なにより、このまま帰るわけにはいかぬのだぞ。すでに藩からいただいた金は使ったことをわかっているのか」

「そうだ。もう、我らにはこやつらを討ち果たし、消し去るしか生き延びるすべはない」

肥田も声をあげた。

「まさに」

「おう」

気落ちしていた二人の若い藩士が、顔を見合わせた。

「こちらは四人、向こうは半分だ。小者《こもの》の老爺《ろうや》は敵ではない。一人で対処できよう。肥田、任せる」

「承った。すぐに片付けて、加勢する」

曽根の指示に肥田が、三造へと方向を定めた。

「抜いたな。三造、これで敵だと確定した」

「でございますな」

目を四人の藩士から離さず、主従がうなずきあった。

「油断するな」

三造へ注意を与えて、良衛は太刀を鞘走《さやばし》らせた。

「……………」

無言で三造も続いた。

三造は侍身分ではない。太刀を帯びることは禁じられている。三造が手にしたのは、庶民が旅の間自衛のためという理由で所持を許可されている大脇差であった。

「やる気か」

「生意気な」

曽根と肥田が良衛と三造の対応に緊張した。

「先手必勝」

若い南条が、駆けだした。

「おうよ」

もう一人の若い千種《ちぐさ》も続いた。

「合わせろ」

文句を言いながらも曽根も良衛へと刃《やいば》を向けた。

「こちらも」

肥田が最後に三造へ切っ先を模した。

「やあああ」

甲高い声をあげて振りあげた太刀を南条が良衛めがけて落とした。

「遠い」

繰り返し、真剣勝負で命を的にしてきたのだ。良衛は相手との間合いを冷静に見抜いていた。

「えっ……」

真剣が迫っていながら、良衛はかわそうともしなかった。攻撃を受けたら、防御あるいは回避を選択するのが、人としての常である。それをしない良衛に南条は呆然となった。

「……ぬん」

目の前三寸（約九センチメートル）を切っ先が過ぎるのを待った良衛が踏みこんだ。しっかり間合いを把握した良衛の太刀は、南条の胸骨を貫いた。

「ぐへっ」

蛙が踏みつぶされたような声をあげて、南条が絶息した。

「南条……きさまっ」

怒りに紅《あか》く染めた千種が、飛びこむようにして太刀をぶつけてきた。

「むう」

身体全体を投げつけてくるような一撃は、十分良衛に届く。良衛は踏みこんだままの体勢を動かさず、切っ先の刺さったままで死んでいる南条の身体を盾に使った。

「わあっ」

目の前に同僚の遺体を放り出された千種が慌てたが、出た勢いは止められない。千種の一刀が南条の遺体に当たった。渾身《こんしん》の力をこめた千種の太刀は、存分に南条の身体を斬り裂き、食いこんだ。

「な、なにを」

同僚の遺体を傷つけた千種が焦った。

「…………」

黙って良衛は千種との間合いを詰めた。

「ま、待て。刀が抜けぬ。ま、待て」

人の身体には肉がある。肉は切られた瞬間、それ以上異物の侵入を防ごうと巻き付くように収縮する。この現象は、死んでからもしばらくは残った。

「や、止め……わあああ」

必死に抜こうと太刀をこじるほど、余計に巻きこんでいく。千種が悲鳴をあげた。

「ふん」

小さく息を吐いて、良衛は太刀を突き出した。

「……がっ」

喉《のど》を射貫《いぬ》かれて千種が死んだ。

「きさま、医者のくせに人を殺すなど……」

曽根が良衛をにらみつけた。

「医者が救うのは患家のみ。吾《わ》が医門を訪れ、診療を求めた者だけに医術はふるわれる」

はっきり敵は許さないと良衛は宣した。

「きさま……」

曽根の顔色が変わった。

「刺客は患家どころか、人に非《あら》ず。己のつごうで他人《ひと》の命を狙う者に、医の慈悲は与えられぬ」

良衛は太刀を下段に変えた。

「いや、違ったな。刺客にも医の恩恵はある」

「なんだというか」

曽根が太刀を青眼《せいがん》に構えた。

「一撃で仕留め、苦痛を最小にしてやる」

「ほざけ」

曽根が太刀を八相《はっそう》に動かし、そのまま袈裟懸《けさが》けに来た。

「おう」

良衛は曽根の一刀を迎え撃った。

「ちいい」

弾《はじ》かれた太刀を曽根が力ずくで引き戻し、もう一撃を繰りだした。

「やるな」

続けざまの攻撃を、良衛はふたたび太刀で受けた。

太刀と太刀がぶつかる。これはすでに必死の間合いに踏みこんでいるとの証拠であった。退《ひ》こうとしても、相手が一歩踏みこむだけで刃が届く。それどころか、喰いこまれた形になり、一気に形勢が悪くなりかねない。

ぶつかったところを支点として、二人は鍔迫《つばぜ》り合いになった。

「おうりゃあ」

「なんのう」

相手を潰《つぶ》そう、跳ね返そうと二人が互いの太刀に体重をかけた。

鍔迫り合いは、押し負けたら終わりである。間合いがないに等しいため、どこに逃げても、敵は踏み出すことなく追撃できる。

「このおお」

曽根が力を一層加えてきた。

「ぬううう」

良衛は耐えた。

身体の重心が前にかかっているときは耐えられる。しかし、重心が体幹より後ろにずれたとたん、人は圧力に屈する。

「折れろ、折れろ」

曽根が上から良衛を押さえこもうと、背筋を伸ばした。

「……ぬん」

これを良衛は待っていた。

良衛は上背がある。曽根も大柄ではあるが、良衛よりもわずかに小さい。その曽根が嵩にかかってこようとするには、足を伸ばしきり、重心を良衛よりも上にしなければならなくなる。

体重は掛けられるが、腰が高くなる。良衛は下から持ちあげるように曽根の腰を浮かせた。

「わあああ」

重心が丹田《たんでん》よりも上に動いた曽根は、下から押しあげられて身体をふらつかせた。

「なんの……あ」

ぐらついた身体を落ち着かせようとした曽根だったが、足腰に力が入らなかった。

「人の身体は、腰から下が地についていなければ、動けない」

良衛が曽根と目を合わせた。

「……肥田」

曽根が救いを求めた。

「援軍要請が参っておるようでございますが」

「……くそっ」

三造に対峙《たいじ》したままの肥田がはがみをした。

「さっさと片付けて、加勢に回ると聞いたような」

「黙れ。小者の身分で」

さらなる嘲弄《ちょうろう》に肥田が激怒した。

「武士でもないくせに、刀を構えるなど、分不相応じゃ」

肥田が深く踏みこんで、太刀を振るった。

「ふん」

怒りは身体に余計な力を入れる。力の入った筋は、縮もうとする。筋が縮めば、力は出るが、腕は伸びなくなる。

「……届かない」

思ったよりも手前で動きの止まった太刀に、肥田が絶句した。

剣術を学んだ者ほど、最後まで太刀を振り下ろさない。柄が臍《へそ》のあたりに来たところで止める修練をかさねるからだ。そうしないと行きすぎた太刀で、己の足を傷つけかねない。

「考えが甘いとしか申せませんな」

冷酷な声で三造があきれた。

「では」

三造が太刀の切っ先をするどく撥《は》ねた。

「な、なぜ……」

身体の動きが硬くなった肥田の首にやすやすと三造の刃が届いた。

「道場での稽古《けいこ》は大事でございますがね、真剣での修練も必須《ひっす》なので。真剣は当たれば切れる。慣れていないと真剣の持つ迫力に負けてしまう」

「…………」

首から血を噴き出しながら、肥田が三造を見つめた。

「成仏なされ」

三造が一瞬瞑目《めいもく》した。

ゆっくりと崩れた肥田を見た曽根が蒼白《そうはく》になった。

「一人きりになったようだな。どこの家中だ」

良衛が訊いた。

「言うはずなかろう」

完全に重心を浮かされ、抵抗のできない状態になった曽根が拒んだ。

「語れば見逃してやる」

良衛が誘惑した。

「主家を売って、許されるわけなかろう」

「武士として終わっても、生きているほうがよかろうに」

命は一度かぎりのものだ。それを良衛は十二分に知っている。泣きながら死にたくないとすがった患者を何人も診てきた。

「黙れ。なにも言わぬ。さっさと殺せ」

曽根が嘯《うそぶ》いた。

「三造」

「はい」

声をかけられた三造が近づいた。

「……殺さぬ」

「承知」

良衛の言葉に、三造がうなずいた。

「なんだ……ぐっ」

良衛に押さえこまれていた曽根は三造の行動に対応できず、首筋を強く打たれて気を失った。

「下緒《きげお》を外せ」

「はい」

三造が手早く死んだ藩士たちの刀から下緒を解いた。

「縛り上げよ」

「……これで」

　数本の下緒を使って、三造が曽根を縛りあげた。

「死体はこのままでよろしゅうございますので」

「長崎の治安は、長崎奉行の任である。どこの者かを含めて、今回の後始末をしてもらわねばならぬからな」

　訊いた三造に、良衛は答えた。

「延命寺に頼んで、長崎奉行所に使いを」

「行って参りまする」

　三造が駆けだしていった。

「舌を嚙《か》み切りはせぬと思うが……」

　武家は切腹以外の死に方を忌避する。良衛は念のためだと、曽根の袖《そで》を引き裂き、端切れを口のなかに突っこんだ。

　長崎奉行所は寺町とは川を挟んで反対側、立山《たてやま》の中腹にあった。延命寺からなら急いでも小半刻《とき》（約三十分）はかかる。

「遅いな」

血糊《ちのり》の付いた太刀の手入れをしながら、良衛は不満を漏らした。

良衛は長崎へ医術修業のために来た。毎日とはいかないが出島《でじま》オランダ商館長と面会し、最新の南蛮医学の話を聞いている。他にもできるだけ出島へ行き、所蔵されている医術書を閲覧していた。

江戸《えど》から長崎までの三百里強をこえて来たのだ。一刻でも良衛は無駄にはしたくない。

「お役人さまでございますから」

三造も同意した。

「まったく……」

「朝餉《あさげ》代わりとは参りませんが……」

そこへ女将が、握り飯を盆にのせてきた。

「勝手にお台所とお米を使わせていただきました」

「いや、助かる」

詫びた女将に良衛は手を振った。

「このあと出島に行くつもりでいたのでの。朝餉抜きは厳しいところであった」

良衛は握り飯を手に取った。

「出島ではどのくらいお過ごしに」

「追い出されるまでよ」

女将の問いに、握り飯を喰いながら良衛は答えた。

「夕刻まで……昼餉《ひるげ》などは」

女将が尋ねた。

「いつもは弁当を持ちこんでおる。出島で食事は出してくれぬでな」

良衛は苦笑した。

出島はオランダ人の住居である。と同時に隔離場所でもあった。キリスト教の布教を防ぐため、出島にオランダ人を閉じこめている。食事とはいえ、日本人とオランダ人、その文化への接触はまずい。良衛は食堂への出入りを認められていなかった。

「なかにいる出島町衆とのつきあいもないでな」

「出島町衆ならば、わたくしどものお見世においでくださいますよ」

女将が述べた。

「出島町衆は裕福なのだな」

引田屋は長崎一の名見世である。大広間での端相手《はした》ならともかく、宴席こみの遊びとなれば、一夜で小判が飛んでいく。

「出島のかかわりは、お金になりますので」

少しだけ女将が頬をゆがめた。

「……すまぬ」

良衛は気づいた。

女将の引田屋も出島オランダ商館へ遊女を出していた。

「いえ。お気になさらず」

女将が首を小さく左右に振った。

「…………」

良衛は無言で握り飯を頬張った。

「……これは」

ようやく長崎奉行所の役人が、寺町へ到着した。

「御上寄合医師矢切良衛である。いきなり斬りかかって参ったゆえ、対処した。その一人は捕らえている。お渡しするゆえ、しっかりと調べていただきたい」

押し被《かぶ》せるように良衛が告げた。

「お顔は存じあげておりまする」

良衛の身分をわかっていると役人が応じた。

「しかし、これだけの惨事でござる。さすがに一度奉行所までご足労いただかねば
……」

役人が無罪放免とはいかないと述べた。

「理不尽なまねをされたのは、こちらだぞ」

「ですが、このままというわけには参りませぬ。死人に口なしとは申しませぬが、一応の事情を確認いたさねば」

「御上の御用があるのだぞ」

良衛は役人の要請を拒んだ。

「御用……」

役人が一瞬たじろいだ。

「長崎奉行どのに訊いて参れ」

「お奉行さまに……わかりましてござる。誰か、行って参れ」

役人が小者を走らせた。

「先生、わたくしはこれで」

盆を持ったまま控えていた女将が帰ると言った。

「そうか。助かったぞ」

良衛は女将に礼を述べた。

「待て、引田屋の女将であるよな」

役人が女将を引き留めた。

「はい。引田屋の常でございまする。お奉行所の佐々山《ささやま》さま、ご無沙汰《ぶさた》をいたしておりまする」

女将が小腰を屈《かが》めた。

「そなた、見ておったか」

佐々山と呼ばれた町奉行所役人が問うた。

「じつは……」

「お常どの」

話し出そうとした女将を良衛が制した。

「そろそろ見世に戻られぬとまずかろう。腰の治療は、また明日にでもお出でなさい」

良衛が首を横に振って見せた。

「……はい。戦いの場は、あいにく」

良衛の意図するところを汲んだ女将が、見ていないと否定した。

「そうか。よいぞ」

帰っていいと佐々山が手を振った。

「では、先生。ありがとうございました」

一礼した女将が去っていった。

「お医師さま。お奉行とお話しいただけませぬか。ここで待たれるよりは早くすみましょう。それでお願いできませぬか」

取り調べではなく、長崎奉行による事情聴取にすると佐々山が言った。

「……わかった。しかし、御用中じゃ。あまり手間を取らせてもらっては困るぞ」

それ以上我を張るのは、かえってよくないと良衛はうなずいた。

四

長崎奉行川口源左衛門《かわぐちげんざえもん》宗恒《むねつね》は、配下からの報告を聞いて頭を抱えていた。

「あの医師は、どれだけ面倒ごとを起こしてくれるのだ」

川口源左衛門が嘆息した。

長崎奉行の格は他の遠国《おんごく》奉行に比べて一段低い。長崎奉行に任じられても諸大夫《しょだいぶ》としての任官はない。これは長崎奉行の格を高くしてしまうと、その役目の相手である出島の商館長の待遇もあげなければならなくなってしまうためであった。できるだけ商館長の地位を低くし、異国とのつきあいはさほど重要な案件ではないとしなければ、鎖国の実行が難しいからだ。

しかし、そのじつは、幕府の外交と交易を一手に握るだけでなく、九州《きゅうしゅう》の諸大名も管轄する要職であった。当然、旗本のなかでも優秀な者が任じられ、長崎奉行を勤めあげた後、多くが勘定奉行や町奉行などへ栄転していく。

「で、捕らえられた者は、どこのものかわかったのか」

立山役所の奥、書院で川口源左衛門が尋ねた。

「それが口を開きませぬ」

佐々山が首を左右にした。

「医師に討たれた者どもの身許《みもと》は」

「まだ判明しておりませぬ」

奉行の確認に、佐々山が否定した。

「どこぞの藩士であろう。まず口は割るまいな」

「割らせてはまずうございまする」

佐々山が難しい顔をした。

「あれだけの数の藩士を送りこめるのは、長崎に拠点を持つ黒田か、鍋島《なべしま》か。そのどちらかでなければ、難しゅうございましょう」

川口源左衛門が佐々山を見た。

幕府は唯一の外交舞台となった長崎を重要視し、福岡藩黒田家、佐賀《さが》藩鍋島家を始めとする九州北部の外様《とざま》大名たちに警固を命じた。

なかでも黒田と鍋島は常駐警固を任じられ、長崎に大きな屋敷を構え、かなりの数の藩士を待機させていた。

「むう」

川口源左衛門が唸った。

長崎奉行は長崎を管轄する。もちろん警固役の福岡藩、佐賀藩なども支配下に置いている。しかし、長崎奉行には与力五騎、同心二十人しか配下はいなかった。支配組頭、支配調役などもいるが、これは役方で、刀などまともに持ったことさえない。

異国船の侵入がいつあるかわからない長崎を、奉行所配下の与力、同心だけでは護《まも》りきれるはずもなく、諸藩警固役の協力は必須であった。

もちろん、諸藩の警固役は、長崎奉行の命に従わなければならない決まりである。が、一方的に命じるだけでは、十分な働きをしてくれはしない。

警固役でなくとも、良好な関係で困難にあたるのと、ぎくしゃくした雰囲気で有事に挑むのでは、結果は大きく変わってくる。

なにせ、鎖国で入港を禁じられているイギリスやポルトガルの船が長崎に来ても、それを防ぐ戦力は長崎奉行所にはない。水軍と呼べる軍船は黒田家、鍋島家から出してもらうしかないのだ。関係が悪く、わざと船出しを遅らせ、長崎にイギリス人やポルトガル人が上陸したら、その責任は長崎奉行にかかってくる。

「どこの者かわからぬとして、牢《ろう》に入れておけ」

「いつまででございましょう」

命じた川口源左衛門に、佐々山が問うた。

「あの医者が長崎を離れるか、儂《わし》が江戸へ参府するかまでだ」

川口源左衛門が告げた。

長崎奉行は定員二名、一年交替で赴任する。交代で江戸へ戻ってしまえば、長崎でなにがあろうが責任は問われなくてすむ。

「後は、相役の宮城《みやぎ》どのに訊け」

あっさりと川口源左衛門が責任を放り投げた。

「……わかりましてございまする」

少し間を空けて佐々山が首肯した。

「寄合お医師さまはいかがいたしましょう」

「連れてきたのであろう」

「さすがに三人死んでおりますれば、そのままというわけには参りませぬ。見ていた者もおりましたしな。お奉行さまとの話し合いということでお連れしました」

嫌そうな川口源左衛門に、佐々山が言いわけをした。

「見ていた者がいたか……人の口に戸は立てられぬ。噂が拡がる前に対処したことは、褒めておく」

「畏れ入りまする」

奉行からの称賛に佐々山が頭を下げた。

「医師をこれへ通せ。連れてきておいて、そのまま帰れはまずい。あの医師は上のほうと繋《つな》がりがある」

将軍寵姫お伝の方から格別の計らいをしろとの内意を受けている。川口源左衛門が苦い顔をした。

「では、すぐに」

佐々山が腰を上げた。

立山にある奉行所は、出島からかなり離れている。そのうえ、奉行所に連れてこられてから一刻（約二時間）近く放置された。

「…………」

良衛は苛立《いらだ》っていた。

「ときを浪費するなど……」

三造は奉行所門横の小者控えに留《とど》められ、座敷には同席できていない。見張りの同心と二人きりで座敷にいた良衛の機嫌は悪かった。

「お医師どの。お待たせをいたしましてござる。お奉行さまが、お待ちでござる」

ようやく佐々山が呼びに来た。

「うむ」

立ちあがった良衛は奉行所の奥へと進んだ。

「待たせたの」

奥の書院で川口源左衛門が書付を見ていた。

「御用繁多ゆえ、このままで話をさせてもらう」

川口源左衛門が、遅くなった理由を仕事のせいにした。

「いえ」

短く良衛は応《こた》えた。

「不逞《ふてい》の牢人に襲われたようじゃの」

良衛の顔を見ずに、川口源左衛門が言った。

「牢人……」

良衛は驚いた。

「うむ。取り調べたところ、どこの家中でもないと申した」

川口源左衛門は、書付を見たままで告げた。

「……さようでございましたか」

目を合わそうともしない川口源左衛門に、良衛はその真意を悟った。

「長崎は牢人禁止の地だと聞き及んでおりましたが」

わざとらしく良衛は首をかしげた。

寛永《かんえい》十四年（一六三七）、天草《あまくさ》を領する寺沢《てらざわ》家と島原《しまばら》を支配していた松倉《まつくら》家の苛《か》政《せい》に耐えかねた百姓と、行き場を失った牢人が手を組んで加わったことにより、島原で大規模な一揆《いっき》が起こった。鎮圧しようとした松倉家の軍勢を一蹴《いっしゅう》した一揆勢は、廃城となっていた原城《はらじょう》に籠《こ》もり、気勢をあげた。討伐に出てきた幕府軍の大将板倉《いたくら》重昌《しげまさ》を討ち取るなど、半年近く抵抗を続けた一揆勢だったが、老中松平伊豆守信綱《まつだいらいずのかみのぶつな》の出陣などもあり鎮圧された。

そのときオランダも大きな役割を果たした。松平伊豆守の依頼を受けて、オランダは天草沖に軍艦を派遣、海側から原城へ砲撃をくわえたのだ。

同じキリスト教徒ということで、支援を受けられると考えていた、いや、少なくとも敵対はしないと信じていた一揆勢は、オランダ軍艦からの砲撃に動揺した。さすがに、そのていどのことで原城は陥落はしなかった。とはいえ、士気は低下した。これが、天草の乱終息の一因になったのは確かであった。

「同宗なのに、許すまじ」

オランダの行動は、隠れキリシタンの牢人たちを憤慨させた。

「出島になにかあっては困る」

鎖国しているとはいえ、幕府も馬鹿の集まりではない。オランダを失えば、南蛮や異国の状況を把握できなくなる。

為政者にとってつごうの悪いキリスト教を持ちこまないオランダは、幕府にとってありがたい交易相手であった。

「牢人を取り締まれ」

天草の乱が終わったあとも、幕府は九州での牢人狩りを続けた。とくに、長崎では厳しかった。

「さすがに、天草の乱から五十年近い。いつまでも人の流れを封じておくわけにも参るまい。それに今時きりしたん牢人もあるまい」

川口源左衛門が言いわけをした。

「さようでございますか」

良衛は裏を感じていた。

長崎奉行は、この地の領主以上の権を持っている。犯罪者の裁決、刑の執行も長崎奉行の専権である。その長崎奉行が、良衛の目を見ずに、言い逃れをしようとしている。

「わかりましてございまする。ただ、わたくしのことを幕府医師と知っておりました」

「…………」

川口源左衛門が黙った。

「一応、江戸へその旨は報告いたしまする。幕府医師を襲った。それもお伝の方さまの命を受けている愚昧を」

「むぅう」

良衛の言いぶんに川口源左衛門が唸った。

川口源左衛門は、良衛の出島出入りを許可する立場にある。長崎奉行が認可を与えなければ、幕府医師といえどもオランダ商館の館員と接触することはできなかった。それをわかっているお伝の方は、許可を出せと川口源左衛門に指示している。

「安心いたせ。二度とこのようなことはさせぬ」

川口源左衛門が保証をした。

お伝の方に良衛が苦情を申し立てたら、一気に話は面倒になる。

良衛の仕事は、お伝の方と将軍綱吉の間に子供を作らせる方法を探すことにある。その良衛を襲い、殺そうとしたということは、将軍が子孫を残すのを阻害するのも同然である。なにより子供を欲しがっている綱吉が、それを知れば激怒することはまちがいない。そして、その怒りは長崎当番である川口源左衛門に向かう。

「ただちに江戸へ呼び返せ」

川口源左衛門は江戸へ召喚され、長崎奉行罷免だけですめばいい。まず、怒った綱吉は川口源左衛門を改易する。下手をすれば切腹もありえた。

川口源左衛門が顔色を変えるのも当然であった。

「では、今回のことは、お伝の方さまへお伝えいたしませぬ」

「そうしてくれ」

川口源左衛門がほっとした。

「ただ、これが繰り返されますと御用に差し支えがでまする。そのときは、江戸へ警固の武士を求めることになりますが……」

警固の武士を長崎遊学の医師が欲しがる。およそあり得る話ではない。当然、その事情説明が要る。

良衛は、川口源左衛門を遠回しに脅した。

「わかっておる」

川口源左衛門が苦い顔をした。

「ところで、砂糖をお控えになっておられますか」

話を良衛が変えた。

川口源左衛門は長崎に赴任して、飲水病《いんすいのやまい》にかかっていた。飲水病とは、砂糖や米、酒などの甘みのある食材を摂《と》りすぎることで起こる病である。絶えず喉が渇くことでその名前がある。重くなると足が腐ったり、目が見えなくなったりした。

「ああ。台所の者に命じて、砂糖を使わないようにしておる」

川口源左衛門がうなずいた。

長崎は砂糖が安い。これは、砂糖の主な輸入先がオランダなため、出島に集まって来るからであった。

しかし、海をはるばるこえてくる過程で、潮をかぶったり、なにかの原因で色が変わったり、雨で湿気《しけ》たりする不良品がどうしても出た。

またオランダから運んできた砂糖を出島の倉庫に保管するときにも失敗はあった。雨漏り、虫や鼠などの食害、日光による変色などである。

輸入された砂糖は、白く最高級なものとして高値で取引されている。そこに不良品を混ぜるわけにはいかなくなる。それこそ、オランダ全体の信頼が崩れてしまう。日本との交易をほぼ独占しているオランダだが、あまり傲慢《ごうまん》なまねや、信用を損なうまねをすると、追い出されるか、他の国を幕府が求めるかも知れない。そこで、不良品となった砂糖は、二級品として本来の値段とはかけ離れた安値で売られた。

長崎では砂糖は安く、庶民の味なのだ。その味付けに長崎奉行が染まるのも無理はなかった。

「ならば結構でございまする」

医師として満足した良衛は、長崎奉行のもとを辞した。

「……奉行所を出ましてございまする」

佐々山が川口源左衛門に報告した。

「どちらだと思う」

川口源左衛門が捕った者の所属を佐々山に問うた。

「口をきいてくれれば、訛《なまり》でわかるのでございますが……」

佐々山が首を横に振った。

「両方に警告をするわけには参りませぬか」

今度は佐々山が尋ねた。

「それはならぬ。かかわりのないほうにまで、医師のことを教えてしまいかねぬ」

「教えてはいけませぬので」

拒否した川口源左衛門に佐々山が首をかしげた。

「……理由《わけ》は言えぬ。ただ、あの医師が狙われていると広めるわけには参らぬ」

川口源左衛門が難しい顔をした。

「では、どうすれば……」

佐々山が困惑した。

「……そうだの。長崎に幕府お医師が来ておるとだけ佐賀と福岡の警固屋敷へ伝えておけ」

「それだけでよろしいので」

あまりに単純な指示に、佐々山が唖然とした。

「いや、あと一つ付け加えておけ」

「なにを……」

佐々山が緊張した。

「上様お気に入りのお医師だとな」

川口源左衛門が告げた。

第二章　男の野望

一

日本橋《にほんばし》の廻船《かいせん》問屋房総屋《ぼうそうや》市右衛門《いちえもん》は、奥州《おうしゅう》から九州《きゅうしゅう》まで手広く商売をしていた。

「長崎《ながさき》へ出した者から連絡は」

房総屋市右衛門が、番頭に問うた。

「まだございません」

番頭が否定した。

「遅いな」

「……長崎までは急いでも二十日はかかりまする」

「そんなにかかい」

番頭の言葉に房総屋市右衛門が嘆息した。

「直接長崎へ船が入るわけではございませぬ。まず大坂《おおさか》、乗り換えて博多《はかた》、そこから陸路で三日は見ていただかねば」

行程を番頭が説明した。

「手間がかかり過ぎじゃ。今からでも良い。長崎まで直接船を出せ」

房総屋市右衛門が言い出した。

「無茶を仰せになっては困りまする」

番頭があわてた。

「なにが無茶だ。博多まで行けるのならば、長崎など近いだろう。船も船頭も一番よいものを使え」

「船や人の問題ではございませぬ。長崎に直接船を入れるのがよろしくはございませぬ」

「どういうことだ」

番頭の反論に、房総屋市右衛門が怪訝《けげん》な顔をした。

「長崎は、異国の船が入りまする。そこへ近づくのは……」

「抜け荷だと思われる」

廻船問屋の主人だけのことはある。すぐに房総屋市右衛門が気づいた。

「はい。長崎に船を入れられるのは、許されたものでございますれば」

無理だと番頭が告げた。

「そうかい。許可があればいいんだね。今江戸詰めの長崎奉行は宮城《みやぎ》さまだったね」

「えっ……」

予想外の返答に、番頭が唖然《あぜん》とした。

「船の用意をしておきなさい。ちょっと出かけてくるよ」

房総屋市右衛門が、番頭に指示して店を出た。

長崎奉行に選ばれるのはおおむね五百石から一千五百石くらいの旗本が多い。なかには竹中重義《たけなかしげよし》のように、大名でありながら長崎奉行を命じられた者もいるが、それは特殊な例であった。

「長崎奉行宮城監物《けんもつ》さまのお屋敷は、表六番町《おもてろくばんちょう》だったか」

日本橋から表六番町までは、それほど離れていない。旗本屋敷は表札を出していないとはいえ、房総屋市右衛門はすぐに目当ての屋敷を見つけた。

「日本橋の廻船問屋房総屋市右衛門でございまする」

旗本屋敷の潜り門を叩《たた》いて、房総屋市右衛門が名乗った。

「何用じゃ」

「御当主さまにお目通りをいただきたく、参じましてございまする」

潜り門から顔を出した門番に房総屋市右衛門が求めた。

「会わぬ。約束のない者と主人は面会をせぬ。用があるならば、あらかじめ申し出て、つごうを伺うべきであろう。無礼である」

小者《こもの》の門番だが、町人よりは身分が上になる。小者が六尺棒を地面へ突き立てて威嚇するようにして房総屋市右衛門を追い払おうとした。

「……上様ご側室お露《つゆ》の方さまの縁者と申しましても」

房総屋市右衛門が低い声を出した。

「なんだと……」

門番小者がよく聞こえなかったといった表情を浮かべた。

「わたくしは、お露の方さまの父でございまする」

ゆっくりと房総屋市右衛門が口にした。

「……し、しばし待て」

己の差配では届かないと感じた門番小者が、慌てて潜り門を開けてなかへ消えた。

「ぐずがっ」

房総屋市右衛門が口のなかで吐き捨てた。

「……ほう」

少しして、門が半開きながら開いた。

「潜りを通れと言わないくらいの頭はあったようだ」

房総屋市右衛門が口の端を吊《つ》りあげた。

武家の表門は格式を表す。当主と格上以外で、表門をすべて開放することはない。一門や同僚で門を直角にするていどである。いかに豪商といえども、商人でしかない房総屋市右衛門なのだ。本来ならば、門は開けられず、潜りからの出入りを強いられる。それが、半開きていどとはいえ、表門での通過を認められた。これは、将軍家側室の縁者への気遣いであった。

「娘に上様のお手が付いただけで、これだからな。もし娘が和子《わこ》さまを産めば……」

歩き出しながら房総屋市右衛門が呟《つぶや》いた。

「表門がすべて開かれるどころか、長崎奉行ごとき、こちらから呼びつけられるだろうな」

小さな笑いを浮かべながら、房総屋市右衛門が江戸詰長崎奉行宮城監物和充《まさあつ》の屋敷へと入った。

「待たせたか」

客間へ通された房総屋市右衛門のもとへ、宮城和充が顔を出した。

宮城和充は嫡男でないにもかかわらず、八歳で四代将軍家綱《いえつな》の小姓として召し出され、そのまま別家を許されたほどの俊英であった。その後も書院番、御徒頭《おかち》、目付と順調に出世を重ね、天和《てんな》元年（一六八一）から長崎奉行へ転じていた。

「不意に願いましたにもかかわらず、お目通りを許してくださり、まことにありがたく存じまする」

初対面である。商人としてへりくだった挨拶を房総屋市右衛門がした。

「気にするな。で、何用かの」

宮城和充がすぐに用件へ移った。

「……畏《おそ》れ入りまする」

将軍家側室の名前で会ったが、歓迎はしていないという意思表示に、少しだけ房総屋市右衛門が表情を硬くした。

「お願いがございまする」

「長崎で唐物の商いに入りたいというのは、どうにもならぬぞ。唐物商いは長崎の商人どもが握っておる。近々会所ができるとの報告がある。会所ができてから、そちらに求めよ。口添えくらいならばいたそうほどにな」

願いと聞くなり宮城和充が先手を打った。

南蛮《なんばん》や清《しん》の文物は、長崎でしか手に入らない。それも数が少ないのだ。当然、世の好事家《こうずか》たちがこぞって欲しがることになり、値段は天井知らずにまで高騰する。

それこそオランダ渡りのギヤマン小瓶が一個で千両にまでなる。しかもそれは売り値であって、買い値は半分どころか、下手をすれば二桁《けた》下である。一個の商いで数百両の儲《もう》けが出ることも珍しくはなかった。

儲け話を見逃すようでは、商人とは言えない。江戸だけでなく、大坂、名古屋《なごや》、博多の商人たちが、なんとかして長崎でオランダ人あるいは清人と直接交渉をしたがっていた。

「長崎会所が、それはそれは。ありがたいお話を」

予想していなかった吉報に、房総屋市右衛門がもみ手をした。

「……違ったようだの」

房総屋市右衛門の様子から、宮城和充が気づいた。これくらいの機微がわからないようでは、とても長崎奉行など務まらない。

「願いとはなんだ」

あらためて宮城和充が訊《き》いた。

「いささか長崎に用がございまして。わたくしどもの船を長崎港に入れさせていただきたく」

房総屋市右衛門が目的を語った。

「そなたの店の船を直接……」

宮城和充が疑わしそうな目で房総屋市右衛門を見た。

「お方さまにまで累が及ぶようなまねをいたすのではなかろうな」

厳しい口調で宮城和充が問うた。

抜け荷は重罪である。当人はおろか、その店の奉公人も死罪になる。もちろん、連座で一族も遠島や所払いを命じられる。これは将軍側室といえども逃げられなかった。

「もちろんでございまする。いささか込み入った話になりまするが、お話ししてもよろしゅうございましょうや」

詳細を説明したいと房総屋市右衛門が言った。

「聞かせよ」

宮城和充が認めた。

「じつは、和蘭陀《オランダ》には、女《おなご》を孕《はら》ませる秘術があるとのこと。それをお露の方さまがお求めになられておりまする」

娘といえども将軍お手つきになれば、目上になる。房総屋市右衛門が敬語を使った。

「お方さまがか……」

宮城和充が目を閉じた。

「……その話は真《まこと》なのであろうな」

少し思案した宮城和充が確認してきた。

「お伝《でん》の方さまもすでに長崎へ人を行かせておられるとか」

「……それは」

宮城和充が少しだけ目を大きくした。

「和子さまのお誕生を願うのは、皆同じでございまする。上様に直系のお世継ぎさまがおられれば、天下は安泰」

房総屋市右衛門が建前を口にした。

「ああ。その思いは、我ら旗本こそ強い。しかし、お伝の方さまが長崎へ人をやられた後を追うようには……の」

お伝の方は綱吉《つなよし》の寵愛《ちょうあい》深い。そのお伝の方が先に手回しをしているとなれば、他の側室の手助けをするのは、後々問題になりかねなかった。

「大事ございませぬ。わたくしは分をわきまえておりまする」

「分をとはどういうことだ」

宮城和充が首をかしげた。

「お伝の方さまがご懐妊なさってから、その秘術を試したいとお露の方さまが。ご寵愛深いお伝の方さまがお世継ぎさまをお産みになるべきでございましょう。お露の方さまは、その後でよろしいと。上様のお血筋さまは、多いほどおめでたいことでございましょう」

「違《たが》いないか」

お伝の方とは敵対しない。安心してくれと房総屋市右衛門が述べた。

「ございませぬ」

念を押した宮城和充に、はっきりと房総屋市右衛門が首を縦に振った。

「わかった。入港を認める」

「ありがとうございまする」

房総屋市右衛門が礼を述べた。

「ただし、一度だけだ。用件にはそれで足りよう」

「……結構でございまする」

宮城和充の条件を、房総屋市右衛門は一瞬の間を置いて納得した。

「しばし、待て」

そう言って宮城和充が、客間を出ていった。

「お伝の方さまより後に術を試すとは申したが、懐妊までそうだとは言っておらぬぞ」

一人残された房総屋市右衛門が口の端をつりあげた。

「主《あるじ》は多忙につき、戻って参りませぬ」

少しして中年の武家が、房総屋市右衛門のもとへ来た。

「これを……」

中年の武家が一枚の紙を差し出した。

「…………」

房総屋市右衛門が押しいただいた。

「本日の日付が入っておりまする。船にお積みくだされ。長崎に入港したときにやってくる奉行所の役人に渡してくだされ。ただし、これが使えるのは一度だけ」

　中年の武家が使用法を語った。

「拝見」

　房総屋市右衛門が中身をあらためた。

「房総屋の船が長崎港に入ることを許す。ただし、この書付は一度だけ効力を発揮する。あらための後、書付を奉行所が引き取ること」

　房総屋市右衛門が読みあげた。

「かたじけのうございました。では、これで」

　一礼して宮城和充の屋敷を出た房総屋市右衛門が、振り返った。

「お伝の方さまに睨《にら》まれたら、旗本として終わりだというのはわかるが……あまりに気弱過ぎよう。あれでは、力を貸す気にもならぬな」

　房総屋市右衛門が嘲笑《ちようしよう》した。

「そろそろお褥《しとね》ご遠慮のお伝の方さまより、昨年、上様のご寵愛を受けたお露の方さまのほうが、未来《さき》もある。それに気づいてはいるようだが……ようやく手にした長崎奉行という利を失いたくはないのだろう」

　一度限りの書付に、房総屋市右衛門は宮城和充の弱さを見た。

長崎奉行は遠国《おんごく》奉行のなかで格下とされているが、実入りは群を抜いていた。それは長崎奉行だけに許されたお調べものという特権にあった。

お調べものは、長崎に入港した異国船が持ちこんだ物品のどれでも一つ、長崎の商人よりも早く手に入れることが許される。もちろん、その辺りは異国船も心得ている。長崎奉行に目を付けられて、荷揚げの遅延や水食料などの購入を邪魔されてはたまらない。さすがに無料進呈は賄《まいない》になるためしないが、確実に破格の安値で売り渡す。

長崎奉行が安く買ったお調べものは、そのまま博多や大坂、江戸《えど》の商人を通じて売りさばく。その差額は数百両になる。

南蛮船が来るたび、清の船が来るたびに、お調べものは手に入る。それだけではなかった。交易を営む唐物問屋も少しでも商売を円滑に回すための金を長崎奉行所の役人に贈る。見舞金や礼金という形を取った賄である。長崎の市中にある唐物問屋すべてが出すだけに、この金額も膨大であった。

長崎奉行を一度やれば、孫子の代まで裕福に過ごせるというのは嘘ではなかった。

「それにしても長崎奉行を拝命するくらいだから、頭が切れるかと思ったけど、もう一つだったね。一度限りと書いてあるが、期限がない。つまり、いつ使おうとも大丈夫なわけだ。長崎に船が入ったとき、あらためて来た長崎奉行所の役人次第では、どうとでもなるね。金を握らせるなどして、書付を忘れて下船するように仕向ければ……」

房総屋市右衛門が下卑た笑いを浮かべた。

二

五代将軍綱吉は、小納戸《こなんど》頭《がしら》柳沢吉保《やなぎさわよしやす》を呼んだ。

「御用でございましょうか」

小納戸は将軍の食事、着替えなど身の回りの世話を担当する。柳沢吉保が御座の間下段で手を突いた。

「長崎へ行かせた医師がおったであろう」

「寄合医師矢切良衛《やきりりようえい》でございましょうや」

問われた柳沢吉保が応じた。

「うむ。そやつじゃ。たしか典薬頭《てんやくのかみ》の今大路《いまおおじ》兵部大輔《ひようぶだゆう》が娘婿であったな」

「さようでございまする」

「兵部大輔に問うて参れ。長崎での調べにはどれだけの期間が要るかをな」

「期間でございまするか」

将軍の意図をはかりかねたのか、柳沢吉保が確認した。

「兵部大輔ならば、躬《み》の求めがわかろう」

「わかりましてございまする」

綱吉の気は短い。いつまでもぐずぐずしていると叱りつけられる。

大老堀田筑前守正俊《ほったちくぜんのかみまさとし》が殿中で刺し殺されるという大事件が起こったときの対応を認められて、綱吉のお気に入りになった柳沢吉保だが、まだ腹心といえるほどの経歴はない。

たった一度の失態が、柳沢吉保の将来を閉ざしかねないのだ。

急いで柳沢吉保は綱吉の御前から下がった。

典薬頭は京で名をなした名医の末裔《まつえい》である今大路と半井《なからい》の両家が世襲し、幕府医師の統括と薬草園の管理を任とする。諸大夫《しょだいぶ》格であるが、将軍やその家族の診療には一切かかわれない。医の名門ではありながら、将軍家の診療を任されるだけの信用を得ていないという矛盾を抱えていた。

「兵部大輔さま」

柳沢吉保は、柳《やなぎ》の間の襖《ふすま》を開けた。

「どなたじゃの」

柳の間で書見をしていた今大路兵部大輔親俊《ちかとし》が、顔を上げた。

「小納戸頭の柳沢でございまする」

従《じゅ》五位の今大路兵部大輔と無官の柳沢吉保には歴たる格差があった。柳沢吉保が両手を突いた。

「おう、柳沢どのか。何か御用でござるかの」

しかし、敬して遠ざけられている典薬頭より、将軍の側に仕える小納戸頭では、その持つ力に大きな差がある。今大路兵部大輔もていねいに応じた。

「いささかお話がございますので、こちらへ」

他人《ひと》の耳をはばかると柳沢吉保が言った。

「お待ちあれ」

襖の向こうへ今大路兵部大輔を誘《いざな》った柳沢吉保を同席していたもう一人の典薬頭半井出雲守《いずものかみ》が呼び止めた。

「出雲守さま、なにか」

柳沢吉保が足を止めた。

「典薬頭に御用なれば、愚昧《ぐまい》も同道すべきだと存ずる」

同席させよと半井出雲守が要求した。

「いえ。典薬頭さまのご任にかかわることではございませぬ」

柳沢吉保が否定した。

「では、なんだと言われるか」

「出雲守どの」

しつこく尋ねる半井出雲守を今大路兵部大輔が諫《いさ》めた。

「上様の御用でございますれば、お話しいたしかねまする」

柳沢吉保が拒んだ。

「御用……今大路だけに」

さっと半井出雲守の顔色が変わった。

「では、ごめんを。兵部大輔さま」

「……ああ」

促した柳沢吉保に従って、今大路兵部大輔が柳の間から入り側へと出向いた。

「今大路だけが優遇されるなど許されぬ」

一人残された半井出雲守が怒りの籠《こ》もった目で閉じられた襖を睨んだ。

入り側は畳の敷かれた廊下である。柳沢吉保は他人《ひと》の目を避けるように、入り側の片隅へと今大路兵部大輔を案内した。

「御用とはなんでござろう」

将軍家の命とあれば、どのようなものでも従わなければならない。緊張した面持ちで今大路兵部大輔が問うた。

「上様から、矢切良衛どのの長崎修業はいつ終わるかとのお問い合わせでございまする」

「いつ終わるかでございまするか」

質問に、今大路兵部大輔が首をかしげた。

「矢切が江戸を出て、まだ二月《ふたつき》ほど。長崎に入って研鑽《けんさん》がようやくまともになり始めたというところ……最新の南蛮流外科術を身につけるには、あと半年はかかるはず」

今大路兵部大輔が呟いた。

「それを上様はご存じのはず。医者の修業は命にかかわるゆえに長いと。おわかりのうえでのご下問となると……」

額にしわを寄せて今大路兵部大輔が思案した。

「柳沢どの、上様はどのようなお言葉であられたか」

正確な発言内容を今大路兵部大輔が欲しがった。

「……たしか上様は……」

ゆっくりと思い出しながら、柳沢吉保が述べた。

「調べと仰せか。だとすると上様がお望みなのは……」

今大路兵部大輔がうなずいた。

「おわかりでござるか」

柳沢吉保が身を乗り出した。

「おそらくでございますがの」

今大路兵部大輔が首を縦に振った。

「では、お答えをいただきたく」

「お望みのものだけならば、一月《ひとつき》もあれば大丈夫かとお伝えくださいますよう」

急《せ》かす柳沢吉保に、今大路兵部大輔が告げた。

「一月でございますか。それは随分と短《みじこ》うございまするが、よろしいので」

柳沢吉保が懸念を表した。

現状単なる使い走りでしかない柳沢吉保だが、今大路兵部大輔の答え次第では損害を受ける。

　答えがまちがっていたとき、この場合、一ヵ月で矢切良衛が南蛮式懐妊術を身につけていなかったとき、今大路が咎《とが》められるのはもちろん、偽りを将軍へ伝えた罪は柳沢吉保にも及ぶ。

　まったくのとばっちりであったが、これも宮仕えの宿命であった。

「まず大丈夫かと思いまするが。ただし……」

　今大路兵部大輔が言葉を一度切った。

「長崎に求めるものがなければ、成果はなしとなりまする」

　かならずしも手に入れられるとは限らない。今大路兵部大輔が付け加えた。

「ない……そのようなことが」

　将軍の求めるものが手に入らないなどあってはならない。柳沢吉保が驚いた。

「ございまする。術とは、そういうものでございまする」

「お伝の方さまのお願いは、上様のお求めでもある。秘伝や、一子相伝など、認められませぬぞ」

　柳沢吉保が顔色を変えた。

「そのていどのものならば、矢切がどうとでもいたしましょう。あやつの医術に対する執念は、そのあたりの医師の比ではございませぬゆえ」

今大路兵部大輔が首を横に振った。

「では、どういう意味でございましょう。ことと次第によっては、上様にご報告申しあげねばなりませぬ」

険しい目を柳沢吉保が今大路兵部大輔に向けた。

「南蛮の秘術がないと知りながら、娘婿どのを長崎へ行かせたとあれば……いかに典薬頭さまでも許されませぬぞ」

将軍を騙《だま》して、金のかかる長崎遊学を身内にさせたのではなかろうなと柳沢吉保が詰問した。

「無礼であるぞ。柳沢」

口調を今大路兵部大輔が変えた。

「…………」

柳沢吉保が沈黙した。

「術というものは、実際に見聞きせねばあるかどうかさえわからぬものであろうが。それともそなたは、噂だけでそれがあるかどうかを見抜けるというのか。剣術の流派などが、創始者以来の秘剣などと嘯《うそぶ》くことは多い。しかし、実在するかどうかは、誰もみたことさえない。多くはあるだろうが、見栄《みえ》だけで言い張っている者もいよう。その差をどうして見分けると言うのだ」

「……それは」

今大路兵部大輔の言いぶんに、柳沢吉保が返答に詰まった。

「あるやも知れぬと思うところから確かめていくしかないであろうが」

「待たれよ。あるかも知れぬとはなんでござる。それさえわからぬでよく典薬頭が務まるものでござるな」

柳沢吉保が反論した。

「本朝にない産科の術、これはある」

今大路兵部大輔が断言した。

「ではなぜ……」

さらに咎めようとした柳沢吉保を今大路兵部大輔が押さえた。

「長崎まで伝わっているかどうかはわからぬ。そもそも医術の体系が漢方と南蛮ではまったく違う。そこからそなたは理解しておるか」

「拙者は医者ではござらぬ」

柳沢吉保が言い返した。

「わからぬならば、黙っておれ」

「なにを言われるか。上様へ復命するのは、わたくしでござる。わたくしが知らねば、上様へ正確なお話ができませぬ」

「…………」

黙って、今大路兵部大輔が柳沢吉保を見つめた。

「な、なんでござろうや」

探るような目つきに、柳沢吉保が焦った。

「使い走りで終わる気はないと言われるのだな」

「……くっ」

野心を見抜かれた柳沢吉保が唇を噛《か》んだ。

使者役で満足するならば、説明など不要である。要らぬ話より、正確に伝えるほうに重点を置かなければならない。

ただ、この場合は役目を果たしただけで、それ以上の価値を己に付加できなかった。

「諸刃《もろは》の剣とわかっておられるのだな」

使者としての報告に、その理由や裏の事情などを加味した説明を加える。これの評価は割れる。分をこえたまねをするなと叱られるか、気がきくとして褒められるかのどちらかになり、傾きによってはかえって悪くなる。

しかし、それを承知していないほどの愚か者が小納戸頭にまで出世することはない。小納戸は将軍の私用を担うのだ。ふとした仕草から綱吉がなにを望んでいるかをくみ取り、命令される前に準備を整えておかねばならない。

その気働きを続けてきた柳沢吉保である。己が手にしようとしているのが、諸刃の剣だと知らないはずはなかった。

「兵部大輔さま……」

柳沢吉保が今大路兵部大輔を見つめ返した。

「上様もお人が悪いことじゃ」

今大路兵部大輔が嘆息した。

「えっ……」

まだ柳沢吉保は混乱していた。

「貴殿を試されたのであろう。ゆえに、なにを訊いて来いとは仰せにならなかった。どこまで貴殿がしてくるか。それで、今後の扱いを変えられるおつもりであろう」

城中のどこにでも入れ、老中や大奥上臈《じょうろう》とも話ができる医師の触れ頭として君臨する今大路兵部大輔である。それくらいは見抜けた。

「なぜ……」

「将軍の意図を読めねば、典薬頭など務まらぬ。奥医師の権を欲しがる者は多い。誰にそれを渡すかは、典薬頭の専権じゃでな。上辺だけを見ていては……本当に役立つ者を探し出せねばやっていけぬ」

医者としてではなく、政《まつりごと》の一部として組みこまれた名門医師の末裔がほんの少しだけ寂しそうな顔を見せた。

「柳沢どのよ」

今大路兵部大輔が、声をひそめた。

「愚昧は貴殿をお助けしよう」

「兵部大輔さまが、拙者を……」

「そうじゃ。もちろん、ただではないぞ。坊主のお経でもお布施で長さが変わる時代じゃ。見返りはしっかりといただく」

今大路兵部大輔が他人に決して聞かれまいとして、柳沢吉保に近づいた。

「見返りとはなんでござろう」

柳沢吉保が警戒した。

「なに、大したことではござらぬ。禄《ろく》をあげてくれとか、大名にしてくれとか、そんな気はござらぬ。今でも十分でござるからな」

今大路家の家禄は一千二百石である。旗本として多いほうではあるが、それでも上はいくらでもいる。

「禄は不要と……」

「面倒ごとを抱えることになりますからな。禄が増えれば、人を増やさねばならぬ。軍役の決まりがござるゆえ。じゃが、典薬頭が軍勢を率いることなどできますまい。それに人を遣うは苦を遣う。弟子だけで十分に面倒」

驚く柳沢吉保に今大路兵部大輔が苦笑した。

医者として診療はしていないとはいえ、典薬頭の名前は大きい。今大路流医術皆伝という看板を欲しがる者は多く、入門を求める者は引きもきらない。

「薬の代金だけで、禄の数倍はござるしの」

幕府薬草園の管理を典薬頭は任されている。薬草園は二つあり、半井家が北を今大路家が南を預けられている。広大な薬草園で穫《と》れる薬草は、幕府医師に配られるが、とても使い切れはしない。その余りは、典薬頭の余得として、江戸市中の薬種問屋に売り払われていた。

弟子が出す束脩《そくしゅう》、薬草の代金のある今大路家は裕福であった。

「なにより、出世して典薬頭でなくなれば、これらすべてを捨てることになりましょう。愚昧の代はよくとも、孫子のころはどうなるかわかりませぬ」

一代の栄誉で子々孫々までの余得を失うのは愚かだと今大路兵部大輔が述べた。

「わかりましてございまする」

柳沢吉保が納得した。

「では、なにをお求めに」

交換条件をもう一度柳沢吉保が問うた。

「一身の保護」

「保護でございまするか」

今大路兵部大輔の要求に、柳沢吉保がみょうな顔をした。

「典薬頭さまは世襲でございましょう」

徳川家康《とくがわいえやす》によって京《きょう》から江戸へ呼ばれた今大路と半井は、代々典薬頭を受け継いできている。これは高家《こうけ》と同じで、他の旗本が新たに任じられることはなかった。

「一軒でたりると考える者が出てこぬとお考えかの」

「……半井さまか」

　さっと柳沢吉保が柳の間を見た。

「他にもおる。とくに奥医師どもがの。医の触れ頭が診療さえせぬ名前だけの家では心許《こころもと》ないゆえ、実績ある己が取って代わろうとな」

「むっ」

　柳沢吉保が難しい顔をした。

「他に若年寄《わかどしより》さまも怖い。典薬頭は一人でいい、二人は無駄だと言い出されるやも知れぬ。事実、言われてもしかたない仕事しかないのが実情じゃ」

　今大路兵部大輔が自嘲《じちょう》した。

「それだけに惜しいのよ。たとえ息子が馬鹿であっても務まるであろう。医術を上様にとなれば、勉学を何年もさせねばならぬ。それに耐えられぬような子であれば、今大路を譲れぬでな」

「…………」

　親の欲望をはっきりと表に出した今大路兵部大輔に、柳沢吉保が呆然《ぼうぜん》とした。

「……わかりましてございまする。わたくしが上様のお側にある限り、今大路家をおかばいいたしましょう」

　柳沢吉保がうなずいた。

「かたじけない。では、上様にこうお答えいただきたい」

すっと今大路兵部大輔が姿勢を正した。

「長崎に南蛮の秘術があれば、すでに修得しているはずでございまする。今、呼び返されても大事ございませぬ。また、なければ次の南蛮船が入るまで、変化はござい ませぬゆえ、長崎にいる理由はございませぬ」

「……………」

じっと柳沢吉保が聞いた。

「そのときは、南蛮の秘術は手に入らぬと」

「否。商館に命じて、南蛮本国より秘術を使える者を呼び寄せるか、その秘術について記された書物を取り寄せられればよろしかろう」

「南蛮の書物でございましょう。読むことなどできますまい」

しっかりと柳沢吉保が今大路兵部大輔の提案の穴を見つけた。

「矢切は、沢野忠庵《さわのちゅうあん》伝来の南蛮語を使えますぞ」

「南蛮の言葉を操ると」

「しゃべることはできませぬが、読むことはできましょう。でなければ、南蛮医術を身につけられませぬ」

首をかしげる柳沢吉保に、今大路兵部大輔が述べた。

「漢文を読むとの同じでござる。話せずとも、その大意は伝わりましょう」

「たしかに」

論語の読解を武士は素養としている。柳沢吉保が認めた。

「では、そのように」

話は終わったと今大路兵部大輔がすっと離れた。

「上様にこのままお伝えしてよろしいのでございますな」

「結構でござる」

念を押した柳沢吉保へ、今大路兵部大輔が強く首を縦に振った。

「御免」

一礼して去っていく柳沢吉保を見送って、柳の間に戻った今大路兵部大輔は、半井出雲守が、襖際に座っているのに気づいた。

「なにか」

「いや、大きな声が聞こえたので、なにごとかと案じたのでござる」

「それはお手間をおかけした」

半井出雲守の言葉に、今大路兵部大輔が謝意を示した。

「なにごともございませぬ。お気になさらず」

「……さようでござるか」

大丈夫だと応じた今大路兵部大輔を、半井出雲守が窺《うかが》うような目で見た。

三

綱吉は、柳沢吉保の報告を聞いた後、今大路兵部大輔の呼び出しを決断した。

「ただちに」

小姓が一人走っていった。

「なにかおわかりになりにくいところでも」

柳沢吉保が不安そうな顔をした。

「そちに問題はない。べつのことで兵部大輔に用ができた」

安心しろと綱吉が首を横に振った。

「上様、典薬頭が参りましてございまする」

待つほどもなく、今大路兵部大輔の訪れが知らされた。

「一同、遠慮いたせ」

綱吉が他人払《ひとばら》いを命じた。

「そちは残れ」

退出しようとした柳沢吉保を綱吉が留《とど》めた。

「お呼びとうかがいましてございまする」

御座の間下段に今大路兵部大輔が平伏《ひれふ》した。

「うむ。兵部大輔、そなた薬には精通しておるな」

綱吉が確かめた。

「漢方のものなれば、まず」

南蛮薬までは知らないと今大路兵部大輔が答えた。

「それでもよいわ。女を孕みにくくする薬などはあるか」

綱吉が質問した。

「孕みにくくする薬でございますか……」

今大路兵部大輔が首をかしげた。

「そのようなものを聞いたことはございませぬ。ただ、女は冷えると懐妊しにくくなりますので、身体を虚する薬を常用させれば、いささかの効果は出るやも知れませぬが」

「冷えか。たしかに冷えは女の大敵というの」

今大路兵部大輔の答えに、綱吉がうなずいた。

「上様……お伝の方さまでございましょうや」

先ほどの話がすんだところで今回の下問である。今大路兵部大輔が背景を理解した。

「うむ。神田館《かんだやかた》では二度も躬の子を孕んだ伝が、大奥に入ってから徴《しるし》さえない。これはおかしいであろう」

綱吉が事情を話した。

「奥医師には」

「なにか盛られてはおらぬかは問うたそうだが、異常なしであった。それ以上を伝が訊きたいと申したが止めた。奥医師がかならずしも味方とはいえぬ」

「そのようなことは……」

奥医師を纏《まと》める典薬頭として、認めるわけにはいかなかった。だが、否定の言葉を出す前に、綱吉が遮った。

「もしかすると奥医師が盛っておるやも知れぬのだ。そなたの娘婿のおかげで生きておるが、台所役人でさえ裏切ったのだ。吾《わ》が兄綱重《つなしげ》に恩を受けたとして、台所役人が躬に毒を盛ろうとした」

綱吉の将軍就任は兄綱重が早世したおかげであった。徳川の決まりで、家督はよほど生母の身分が低くない限り、長幼の序に従う。生きていたら、五代将軍は綱重になり、その後死んだとしても六代将軍は綱吉ではなく、綱重の息子綱豊《つなとよ》になる。幻となった五代将軍綱重を悔やんだ者が、綱吉をなんとか除《の》け、綱豊へ大統を継がせたいと動いていた。

「…………」

聞かされた今大路兵部大輔が黙った。

「奥医師は大丈夫だと、そなた保証できるか」

「……いいえ」

奥医師を束ねる者として、今大路兵部大輔が苦い顔をした。奥医師が万一、将軍寵愛の側室に害をなしていたときは、典薬頭の責任になる。

「調べられるか」

「薬が盛られているかどうかを判断するのは、毒薬でもない限り難しゅうございまする」

今大路兵部大輔が首を左右に振った。

「手があるとしたら……」

「どのような手だ」

「お方さまがお口にされるものの購入から調理、配膳《はいぜん》とすべて信頼できる者に扱わせるしか」

今大路兵部大輔が述べた。

「それならすでにしておる」

綱吉が断言した。

「他になにか思いつかぬか」

「申しわけございませぬ」

名案はないと今大路兵部大輔が頭を下げた。

「矢切ならば、どうじゃ」

「……難しいことには変わりございませぬが……南蛮には独自の医術がございまする」

「手があるかも知れぬと」

「かならずとは申せませぬが」

今大路兵部大輔が娘婿のための逃げ道を作った。

「わかった。兵部大輔、矢切の長崎遊学を終えさせよ。ただちに江戸へ戻し、ふたたび御広敷番《おひろしき》をさせよ」

「承りましてございまする」

将軍の決めたことは絶対である。遊学の成果が出ていようがいまいが、それはもう意味がなかった。

「哀れなり」

今大路兵部大輔が、小さく息を吐いた。

半井出雲守は、今大路兵部大輔が御座の間に呼び出されたあと、すぐに柳の間を出てお城坊主《しろぼうず》を探した。

お城坊主は、城中の雑用を任としており、医師と坊主だけが、殿中のどこにでも入ることが許されていた。

「……お坊主衆」

大名や役人の詰め所近くには、かならずお城坊主がいた。すぐに半井出雲守はお城坊主を見つけた。

「これは出雲守さま」

お城坊主が小走りで近づいてきた。

「まずはこれを」

半井出雲守が、懐から紙入れを出した。

「……こんなに」

差し出された小判にお城坊主が目を剝《む》いた。

紙入れのなかに金を忍ばせるのも武士の心得であった。半井、今大路ともに典薬頭で武士ではないといえば、いえる。しかし、身分は旗本で、武士として扱われる。そして武士はいつどこで死ぬかわからないものであった。

常在戦場、これこそ武士の信条でなければならなかった。いつも戦場にいるとき同様、油断なく気持ちを引き締め、なにかあっても恥じないように対応する。もし、武運拙《つたな》く命を落としたときは、その後始末の手間にかかる費用を用意しておく。ここまでして、ようやく武士として一人前と言われた。

どれほど貧しいくらしをしようとも、足軽《あしがる》、軽輩《けいはい》は葬式代として一分ていど、旗本だと小判一枚は、懐にしていなければならない。

半井出雲守は、その用心金をお城坊主に握らせた。

「なにをいたせば……」

城中雑用をこなすお城坊主は薄禄である。とてもそれだけでは喰《く》えない。それを補うのが、登城した大名や役人たちから与えられる心付けであった。金払いのいい大名、旗本の用ならば「ただちに」と応じ、心付けをくれないあるいは少ない者たちの用は「はい」とだけ答えて、放置する。これがお城坊主のならいであった。

ようは金に汚い。

一両あれば一ヵ月は食べていける。その辺りの煮売り屋でよければ、酒までつけて百回は食事ができるのだ。お城坊主でも、年季の挨拶などでなければ、一度限りの所用の代金としてはまず見られない高額な謝礼であった。

「さきほど兵部大輔どのが……」

「御座の間へ召し出されましたことでございますな」

金に汚いだけに、頭は回る。

お城坊主はすぐに半井出雲守の求めていることを理解した。

「頼めるか」

「お任せを。後ほどわたくしからお声をかけさせていただきまする」

お城坊主がうなずき、御座の間へと駆けていった。

「…………」

その背中を見送った半井出雲守が柳の間に戻って、しばらくすると、今大路兵部大輔が帰ってきた。

「上様のお呼び出しとはなんでござったかの。同役として知っておくべきであろう」

半井出雲守が問うた。

「典薬頭としてのお召しではなかったのでな。今大路への御用じゃ。他聞をはばかる」

御用の質が違うと今大路兵部大輔が拒んだ。

「さようか。ならばけっこうでござる」

「…………」

いつもならばしつこく訊いてくる半井出雲守が、あっさり退いたことに今大路兵部大輔は怪訝な顔をした。

「さて、そろそろお昼でござるな。薬草園の見廻《みまわ》りにいくとする」

これも典薬頭の仕事であった。半井出雲守が、柳の間を出ていった。

「……気になるの」

今大路兵部大輔が嫌な空気を感じた。

「まあよい。それよりも今はせねばならぬことがある」

綱吉の命で良衛の遊学は取り消された。長崎遊学は、長崎奉行の支配を受ける。この決定は、遊学している者にとって凶事となるので、通達は明日の午後になる。

翌日の午後、呼び出された江戸詰長崎奉行宮城和充へ側用人を通じて伝えられる。それを経て、宮城和充が長崎に赴任している当番長崎奉行の川口宗恒《かわぐちむねつね》へ書簡を出すが、すでに夕刻になっており、当日の発送はできない。御用便は、急用でない限り、朝の四つ（午前十時ごろ）に江戸を出る慣例になっている。

「少しでも早く報《しら》せてやり、用意をさせてやらねば」

今すぐに知り合いの商家に命じて船で急飛脚を出せば、良衛のもとに御用便よりも数日早く報せることができた。いきなり長崎奉行から帰府を告げられては焦ってしまい、十分な準備もできない。江戸からの召喚はただちに出発せよとの意味を持つ。

「書籍や道具など、数日でも前に準備しておけば、持ち帰ることはできなくとも、江戸へ送らせる手配もできよう。また、会っておくべき人との話もな」

言われてから用意したのでは、間に合わないものもでた。

「今大路の未来のため、矢切の夢を断つのだ。これくらいはしてやらねば……」

遊学打ち切り報せの書状を記した今大路兵部大輔は、腰を上げた。

四

博多の豪商が持つ金は、江戸や大坂の商人と変わらない。

薬種問屋南蛮屋《なんばんや》幸兵衛《こうべえ》の資産も数万両をこえていた。もちろん、普通の薬種商でそこまでの稼ぎは得られない。長崎を通じておこなわれている抜け荷の儲けが、南蛮屋の身代を膨れあがらせていた。

福岡《ふくおか》藩用人宇佐大隅《うさおおすみ》が、南蛮屋を訪れた。

「南蛮屋」

九州福岡四十三万三千石黒田家は、関ヶ原《せきがはら》の合戦で家康に従ったおかげで、豊前《ぶぜん》中津《なかつ》十二万石から五十二万石という大きな加増を受けて移封したことに始まる。何度か分家を創設した関係で、石高は十万石ほど減ってはいるが、九州で熊本《くまもと》の細川《ほそかわ》、薩摩《さつま》の島津《しまづ》と並ぶ大藩であった。一万人以上の藩士と玄界灘《げんかいなだ》を押さえる水軍を誇る。

「これは宇佐さま」

前触れなしとはいえ、用人の来訪である。断ることはできなかった。

「お願いいたしていたことでございましょうか」

南蛮屋が笑いながら問うた。

「わざわざ宇佐さまにお見えいただかなくとも、長崎店から報せが参りますものを」

「その長崎店だがな、番頭がおらなかったとのことだ」

宇佐大隅が応じた。

「そんなわけはございませぬ。太郎《たろう》がおるはずで」

南蛮屋が首をかしげた。

「儂《わし》はその者を知らぬ。ただ、長崎警固役が出店《でだな》に向かったところ丁稚《でっち》二人がおろおろしているだけだったそうじゃ」

「…………」

宇佐大隅の言葉に、南蛮屋の表情が厳しくなった。

「どうした南蛮屋」

「いえ、ちょっと飼い犬に手を嚙まれた痛みというものを感じておりましただけで」

南蛮屋が首を左右に振った。

「失礼をいたしました」

深く南蛮屋が腰を折った。

「で、医者は片づきましたでしょうや」

南蛮屋が訊いた。

「…………」

問われた宇佐大隅が苦く頰をゆがめた。

「そのご様子では、失敗なさったようでございますな」

「……申しわけないの。医者が思ったより強かったようでな」

宇佐大隅が口だけで詫《わ》びた。

「情けないお話でございますな。豊臣秀吉《とよとみひでよし》公と徳川家康公に仕え、武名でならした黒田さまのご家中が、侍でもない医者風情に刀で負けるとは」

「…………」

遠慮無い指弾に、宇佐大隅が黙った。

「お報せくださるならば、よい話だけにしていただきたいものでございますな」

南蛮屋が嘆息した。

「失敗のご報告はお手数でしょうから、もう要りませぬ。やったという成果だけをお伝え願えますか」

「まだやれと。出した藩士四人のうち三人も死んだのだぞ」

「三人……あとのお一人は」

「長崎奉行所に捕まったわ」

問われた宇佐大隅が告げた。

「まずいことを」

南蛮屋の目つきが険しくなった。

「大事ない。黒田の侍は口を割らぬ」

自信ありげに宇佐大隅が述べた。

「そのようなもの、信用できませぬわ」

南蛮屋が苛立《いらだ》った。

「それは確かだ。なにせ、長崎奉行から我が福岡黒田家と佐賀鍋島《さがなべしま》家の両警固役にあてて通達が出た。幕府医師が長崎に来ている」

「そんなもの、鹿《しし》おどしにもなりませぬな」

鼻先で南蛮屋が笑った。

「南蛮屋……続きがあるのだ」

「続き……医師へ手出しをするなとでしょうかね。よくそれで長崎奉行が務まるもので」

南蛮屋があきれた。

「続きを聞いてからのほうがよいぞ」

「……お聞かせねがいましょう」

宇佐大隅の態度に、南蛮屋が表情を引き締めた。

「幕府医師は上様のお気に入りだと」

「なっ」

南蛮屋が目を剝いた。

武家にとって将軍は絶対である。

「どうなさるおつもりで」

窺うような目をした南蛮屋が宇佐大隅に問うた。

「悪いが、もう手伝えぬ」

宇佐大隅が告げた。

「今さらでございましょう。すでに医師へ手出しをしたのが、黒田さまか鍋島家のどちらかだとばれているというに。このままでもいずれは罰を与えられましょう。同じ傷を受けるならば……」

南蛮屋が誘いを掛けた。

「長崎奉行所は当家になにもせぬ。長崎警固役がいなければ、異国船打ち払いができぬからな。黒田の者が下手人だと知っても、知らぬ顔をするだけじゃ」

宇佐大隅が断言した。

「ほう」

南蛮屋が目を見開いた。

「一応、手は打つ」

「どのような」

宇佐大隅の言葉に、南蛮屋が尋ねた。

「捕まった者に自害をさせる。あやつが死ねば、当家がかかわったとの証《あかし》はなくなる」

「それはよいことでございますな」

南蛮屋がうなずいた。

「ついては、おぬしにもいささかの手助けを願いたい」

「わたくしに……なにをいたしましょうか。毒を盛るため、牢屋《ろうや》番でも買収いたしますか」

南蛮屋が身を乗り出した。

「金を出してもらいたい。牢屋番ではないぞ。今回のことで死んだ者たちへの弔慰金をだ」

「……なにを仰せでございましょう。役立たずに金をくれてやれと」

聞いた南蛮屋が表情を消した。

「そうだ。任に失敗した者に、藩から手助けはできぬ。信賞必罰。これは当然のことだ。だが、おぬしが死んだ者に弔意を表するのを止めることはできぬ」

「…………」

宇佐大隅の言いぶんに、南蛮屋が沈黙した。

「そして生き残った者が、死んだ者でさえ十分に報いられると知れば……」

「みずから死をもって黙すると……」

南蛮屋が口にした。

「侍というのはな、己の死に意味を持たせたいものなのだ。己が死ぬことで、遺族に金がはいるとなれば、思い切りも付けやすい。しかし、なにもなき無駄死にではの。なかなか納得せぬもの」

「そんなものは、御家中でしていただきたいものでございますな」

つごうのいい話をする宇佐大隅に、南蛮屋が嫌な顔をした。

「失敗した者に褒美を出せぬ。信賞必罰は必須《ひっす》である。なるほど、信賞必罰でございますか。では、失敗した方々に罰をお与えになっていただかねばなりません」

「……南蛮屋」

嫌らしい笑いを浮かべた南蛮屋に宇佐大隅が引いた。

「死んだ三人のお方の家は潰《つぶ》していただいたのでございましょうな」

「馬鹿を申すな。そのようなことをすれば、次に藩命を受ける者がいなくなろう。失敗すれば改易などとんでもない」

「おや、随分とお話が違いましょう。無駄死にはせぬものと言われたのはどこに」

怒りを見せた宇佐大隅に、南蛮屋があきれた。

「金だけ取ろうなどとお考えになるのはいかがですかね。生き残ったお方のことは、こちらでさせていただきますよ」

「ま、待て。なにをする気だ」

宇佐大隅が慌てた。

「長崎奉行所には、いろいろと伝手《つて》がございますので」

「……………」

「では、お帰りを。これ以上のおつきあいはなかったことにさせていただきましょう。わたくしも傷の付いた博多に固執する気はございません。大坂で新しい商売に力を注ごうかと思いまする」

黙った宇佐大隅に、南蛮屋が冷たく言った。

「ま、待て」

宇佐大隅の顔色が白くなった。

福岡藩の財政もご多分に漏れず、悪化の一途をたどっていた。外様《とざま》大名の力を削《そ》ぎたい幕府によるお手伝い普請、遠い江戸まで行列を率いて往復しなければならない参勤交代の費用、そして長崎警固が藩庫を圧迫、すでに借財は年貢で返還できる金額をこえていた。

その借財の一部は、南蛮屋からのものであった。

もっとも黒田家もなにもしていなかったわけではなかった。諸事倹約、人員整理などできることはした。さらに表だってできないことにも手を出した。

財政負担である長崎警固を、黒田家は逆手に取った。天下で諸外国へ開かれた唯一の港である長崎の警固にあたる立場を利用して、抜け荷をおこなった。もちろん、なにかあったときに藩の名前が出てはまずい。福岡藩は裏に隠れ、商人たちに抜け荷をさせる。そして黒田家は抜け荷の儲けの一部を懐に入れていた。

南蛮屋は福岡藩の表と裏を握っていた。

「今、おぬしに逃げられては、藩が潰れる」

「知りませんな」

すがるような宇佐大隅に、南蛮屋は氷のような反応を返した。

「こちらの頼みをきいてもくださらないお方に、浪費するときはございませんな」

「しかしだな……」

「お帰りを。わたくしこれから商用がございまする」

南蛮屋が宇佐大隅を促した。

「わ、わかった。もう一度人を出す」

「いえいえ。わたくしのことでもうお手をわずらわせることは畏れ多い」

南蛮屋が首を横に振った。

「た、頼む。今少し猶予をくれ」

宇佐大隅が頭を下げた。

「あまりお待ちはできませんがね。なにせ、店を移さなければなりませんので」

「店を移すのは止めてくれないのか」

「…………」

決定を変える気はないのかと言う宇佐大隅に、南蛮屋は答えなかった。

「南蛮屋……」

宇佐大隅の声に殺気が籠もった。

「先日もお話ししたと思いましたが……黒田さまの抜け荷の証、すでに大坂の店へ移したと。わたくしや店になにかあれば、すぐにでも大坂町奉行さまあてに差し出す用意はできていると」

南蛮屋が淡々と告げた。

「……うっ」

宇佐大隅から殺気が霧散した。

「博多から本店を大坂へ移すのは変わりませんが、ここに出店を残すかどうかは、黒田さま次第ということで」

「わ、わかった。きっと……」

南蛮屋へ宇佐大隅がうなずいた。

「さきほども申しましたが、そうそうお待ちできませぬ。そうでございますね。あと十日」

「それは少ない」

日限を切られた宇佐大隅が目を剝いた。

博多から長崎まで、馬を出せば二日ですむ。

福岡藩の領内だけならば、早馬で走り続けられる。しかし、幕府領や他国領では許されない。一応の挨拶をしておけば、相身互いで文句をつけられないが、いきなりはまずかった。その理由を根ほり葉ほり聞かれる。とくに長崎領に入ってからがまずかった。長崎奉行からの依頼なき早馬は、まず止められた。

幕府医師を害するのに目立ってはならない。黒田家とはいえ、幕府役人を討ったとあれば無事ではすまなかった。

となれば、徒歩《かち》で長崎へ行かせるしかなくなる。人の足ならば三日はかかる。腕の立つ者を選んで急がせ、一日を準備で費やし、報告に戻ってとなれば、それだけで八日は要る。雨が降れば街道の行き来に手間がかかり、良衛が長崎奉行所などに籠もっていれば出てくるまで待たなければならなくなる。十日はまさにぎりぎりの期限であった。

「足りる足りないは、そちらさまのご都合で。わたくしの都合ではございませんよ」

南蛮屋が氷のような目で宇佐大隅を見た。

五

一日潰された良衛は、その損失を取り戻すかのように、開門と同時に出島《でじま》に入り、追い出されるまで勉学に励んだ。

「……これも知っている」

勉学の過程でオランダ語を学んだ良衛は、完全とはいえないがそこそこ医学書を理解できた。

「この薬は知らぬ」

良衛は医学書に記されている名前を帳面へと書き写した。

「のちほど、西海屋《せいかいや》どのに訊いてみよう」

「それは……」

良衛の後ろから覗きこんでいた長崎の医師富山周海《とみやましゅうかい》が良衛に問うた。

「出血を抑える効果があるもののようでござる。愚昧も知らぬもの」

良衛は邪魔するような富山周海に素っ気なく応《こた》えた。

「血止めはありがたし……す、そぽ……」

富山周海が帳面に書かれた良衛の文字を読もうとした。

「大野《おおの》どの」

「拝見……」

声を掛けられた和蘭陀通詞大野次郎三郎《じろうさぶろう》が、顔を突き出した。

「すぽんしえるでございますな。少し拝借」

大野が良衛の読んでいる医学書を取りあげた。

「あっ……なにを」

熱中していた医学書を奪われた良衛が抗議の声をあげた。

「なになに。傷口にすぽんしえるをあて……これ以上はわかりませぬ。聞いたこともない言葉が並んでおりまする」

読みかけた大野が途中で投げ出した。

「返してもらいたい」

少しの時間でも惜しい。良衛は大野から本を取り返した。

「……結局、圧迫止血か。このすぽんしえるがあれば、少し止血の効率がよくなるのか。だが、どこまで効果があるのか。南蛮の医術は、一度確認しなければ、使えるかどうかわからぬからな」

　良衛は呟いた。

　漢方は、流派で秘伝として技術を漏洩《ろうえい》させない。それこそ一子相伝の秘薬もある。対して、蘭方《らんぽう》、世にいう南蛮流は違った。

「まったく、一人の名声などなんの役に立つ。名前で患者が治るくらいならば、苦労はせぬ」

　良衛は口のなかで文句を言った。

　南蛮流の医者は、己の名声を欲しがるのか、すぐに世間へ新技術を発表する。それが、たしかなものならば、秘伝として取りこんで隠すよりはるかにましである。

「玉石混淆《ぎょくせきこんこう》にもほどがある」

　しかし、オランダなどの医者や研究者のなかには、有名になりたいがために十分確認されていない効果や誇張した結果を発表する者がいた。なかには、まったくの虚偽を大々的にうたいあげる者もいた。

「自らの目で確かめるまで、技術も薬も信用するな」

　良衛の師、杉本忠恵《すぎもとちゅうけい》がしつこく言っていた。

「だが、いきなり否定はできぬ。うまく、役に立てばなによりだ」

怪我で血を流しすぎて亡くなってしまう者は多い。外道医師として、確実な止血方法は喉《のど》から手が出るほど欲しかった。

「……次だ」

読み終えた医学書をもとの棚に戻し、良衛は次の本に手を伸ばした。

「矢切どの。少し休まれてはいかがかな」

富山が良衛に休息を提案した。

「いえ、少しでも読んでおきたいので。どうぞ、ご随意にお休みくださいませ」

良衛は富山を見もせずに断った。

「…………」

断られた富山が鼻白んだ。

「大野どの。こちらへ」

富山が、大野を手招きした。

「なんでござろう」

誘われた大野を伴って、富山が蔵書室を出た。

「……誰もおらぬな」

蔵書室は食堂もかねる大広間に繋《つな》がっている。誰もいないのを確認した富山が、大野に振り向いた。

「おぬしは、読めぬのか」

医学書の翻訳ができないのかと富山がもう一度たしかめた。

「知らぬ言葉が多すぎまする」

「医術語か……」

首を横に振る大野に、富山が目を閉じた。

病名、症状、治療法など医者の使う言葉は独特なものが多い。医術の心得がなければ、意味がわからないどころか、まちがえた翻訳をしかねない。

「矢切さまに翻訳していただくのがよろしいかと」

「翻訳……してくれるであろうかの」

富山が難しい顔をした。

「頼んでみましょう」

大野が蔵書室へ戻った。

「矢切先生」

「……なにか」

読書に熱中していた良衛は、低い声で応じた。

「さきほどのものでございますが、わたくしでもわかりかねる言葉が並んでおりました。それを矢切先生は……和蘭陀人との会話はおできにならなかったはずでございますが」

大野がいささかの不満を口調にのせながら問うた。

「愚昧の和蘭陀語は、沢野忠庵先生のお持ちになっていた書籍からの知識でござるゆえ、どのように読みあげるかなどは、まったく習っておりませぬ」

「読めるが話せぬと」

「さようでござる」

大野が唇をゆがめた。

「それでは、わたくしの仲介なしには、ヘンドリック・ファン・ブイテンヘムさまとお話しできませぬな」

「お世話になりまする」

良衛は認めた。

「いえいえ。それがわたくしの任でございますので。ただ……」

「ただ……なんでござるかの」

嫌な予感を良衛は覚えた。

「わたくしのわからぬ医学語を訳していただきたいのでございまする」

「訳……用語を本朝の言葉に直すのは無理でござる」

「どういうことでござるか」

大野の表情が険しくなった。

「名称がほとんどだからでござる。そう、たとえば和蘭陀。これを本朝の言葉にせよといわれて、大野どのならばどうなさる」

「うっ……」

良衛の説明に、大野が反論できなかった。

「ですが、宇無加布留《うにこうる》の例もございまする。あれのように一角獣の角で万病の妙薬と訳していただければ……」

大野がもう一度要求した。

「悪いが、それをしている暇《いとま》はござらぬ。愚昧は江戸から遊学に来ているだけ。長崎に根を生やすわけではござらぬ。いつ御上《おかみ》御用で長崎を離れなければならなくなるか、わからぬゆえ、ご要望には応じられぬ」

寸刻でも惜しい。良衛は断った。

「それはあまりでございましょう」

大野がにべもない良衛の態度に、怒った。

「では、わたくしもヘンドリック・ファン・ブイテンヘムさまとの通詞を……」

「拒むと言われるか。それがおぬしの仕事のはず。拒否されるならば、川口どのに報告させていただくぞ」

仕事はちゃんとしろと良衛は大野を叱った。

「川口さまにはお叱りを受けませぬ。ちゃんと通詞はいたしますから。ただ、それが正しいかどうかは……」

最後まで大野は口にしなかった。

「脅しをかけるか」

「なにを言われる。脅しなどと人聞きの悪い」

良衛に睨まれた大野がそっぽを向いた。

「好きにせい」

相手にしないと良衛は大野に告げ、書物へ目を戻した。

「えっ……」

通詞が信用できなくとも困らないといった態度の良衛に、大野が呆然とした。

「わかっているのか」

大野が口調を変えた。

「わかっている。怒鳴るな。勉学の邪魔だ」

良衛も怒鳴り返した。

「……ひっ」

剣術遣いの気迫を乗せた声に、大野が引いた。

「お、おまえの言葉を和蘭陀商館長に、商館長の答えをおまえに、まげて伝えると言ったのだぞ」

大野が震えながら、述べた。

「だから、かまわぬと申した。医者でないヘンドリック・ファン・ブイテンヘムどのとの会話は、もう重要ではない」

何度会っても、一向に役立つ話が聞けていない。そのうえ、多忙なため会えないことも多い。

良衛はヘンドリック・ファン・ブイテンヘムとの刻《とき》よりも、医学書を読破するほうに重点を置くことにしていた。

「な、なっ」

通詞は不要と言われたも同然である。大野が絶句した。

「さきほどの脅し、川口どのに報されたくなくば……」

「わ、わかった」

じろりと良衛に睨みつけられた大野が蔵書室を出ていった。

「……なにをしている」

「ふん」

読書に戻った良衛の耳に、富山の怒声が聞こえた。

第三章　不信の行方《ゆくえ》

一

南蛮屋《なんばんや》幸兵衛《こうべえ》は、すでに黒田《くろだ》家へ見切りを付けていた。

「十日なんぞ、待ってやる義理はございませんねえ」

自ら口にした期限を南蛮屋は守る気などなかった。あの場で宇佐《うさ》大隅《おおすみ》の逃げ道をなくすことは、まずかった。いかに大坂《おおさか》へ黒田家の抜け荷の証《あかし》を避難させているとはいえ、相手は博多《はかた》を領有している藩主である。博多の港を封じる、あるいは街道を閉じるなど、南蛮屋を足止めすることなど簡単にできる。

「こちらが死ぬときは黒田家を道連れにできるとはいえ、死にたくはありませんからね。幾ら金を持っていても使えなければ意味がない。黒田にまだ望みはあると思わせておかなければ、非常の対応をされてはたまりませんからね」

南蛮屋が独りごちた。

「かといってこのまま黙っていては、身の破滅。今はまだ医者は動いていませんが……もし、抜け荷がばれれば、一族郎党死罪闕所《けっしょ》だ」

南蛮屋の表情が苦いものになった。

「暖簾《のれん》だけが古い小さな薬屋を、博多一の薬種商にまで育てあげるのに三十年以上かかった。どれだけ無理をしたか。黒田の役人を金と女で搦《から》め捕り、敵対した店を無頼に潰《つぶ》させた。あの世へ送ったのも両手で足りぬ。死んでの地獄行きは覚悟しているが、生きているあいだは極楽を感じていたい。それをたかが医者坊主一人のために、壊されてたまるものか」

目つきを南蛮屋が商人とは思えない鋭いものに変えた。

「医者を殺すだけではあきたらぬ。儂《わし》の道を邪魔してくれた医者坊主の顔を見なくては気がすまぬ」

引いてしまえば、今まで使った金が無になると南蛮屋が厳しい顔をした。

「なにやら異国交易を独占する会所ができるというしね。それに食い込めれば、今回の損失どころではない儲《もう》けが出る。出店《でだな》には任せておけない」

南蛮屋は自らが出る決意をした。

「番頭さん」

子飼いの番頭を南蛮屋が呼びつけた。

「店を預けるよ。五日ほど留守にするからね」

「お気を付けて」

番頭に後事を託した南蛮屋は、博多の港から船に乗った。

福岡《ふくおか》から長崎《ながさき》まで街道を進むより、船が速い。それは峠越えがないことのほかに、昼夜変わらず進めるからだ。

南蛮屋は、二昼夜で長崎へ入った。

福岡藩黒田家の御用達《ごようたし》である証《しるし》の旗を揚げて入った南蛮屋の船は、なんの調べも受けることなく、長崎の港へ碇《いかり》を下ろした。

「あいかわらず、ざるだねえ」

長崎警固の甘さを笑いながら、南蛮屋は上陸した。

「やっぱり旦那《だんな》だ」

中年の男が近づいて来た。

「大島屋《おおしまや》さんじゃないか」

南蛮屋が手を上げた。

「上から見て南蛮屋さんの船らしいと思って、来てみてよろしゅうございました」

大島屋と呼ばれた男が手を膝《ひざ》に付けて頭を下げた。

「ちょうどよかった。おまえさんに用があったのだよ」

「さようでございましたか。ここではなんでございます。見世へお出《い》で下さいまし」

「そうさせてもらおう」

南蛮屋がうなずいた。

「報《しら》せてきなさい。大切なお客さまをご案内するから、一番の座敷と妓《ぎ》を用意しておきなさいと」

供してきていた若い男に大島屋が命じた。

「へい」

若い男が走っていった。

「どうぞ」

大島屋が先に立って、南蛮屋を案内した。

丸山《まるやま》遊郭の一角に大島屋はあった。引田屋《ひきたや》よりは小さいが、かなりの規模を誇っている。

「どうぞ」

「いただこう」

大島屋が差し出した片口から、南蛮屋は酒を受けた。

「……潮風に痛めた喉《のど》が泣くねえ」

南蛮屋がうまそうに盃《さかずき》を呷《あお》った。

「まま、大島屋さんも」

「これは畏《おそ》れ入りまする」

返盃《へんぱい》に大島屋が恐縮した。

「ところで出店の噂は知っているかい」

南蛮屋が口にした。

「五日前に、博多へ人を出しましたが……」

「入れ違いになったのか。いや、宇佐大隅さまがね」

大島屋の応《こた》えに、南蛮屋が語った。

「わたくしもそこまで詳しくはわかっておりませんが……出店から太郎《たろう》さんが消えたようで」

「どこへ行ったかはわからないかい」

「街道を東に向かったのを見たとの噂でございます」

南蛮屋の問いに、大島屋が述べた。

「何日前だい」

「わたくしが聞いたのは、七日前でございました」

大島屋が指を折った。

「博多には顔を出していない。無断で出店を離れ、本店に来てないとなると……逃げたな」

南蛮屋が頬をゆがめた。

「まあいい。どうせ、のたれ死にだ。奉公先をしくじった中年男なんぞ、誰も雇わない」

どうでもいいと南蛮屋が嘯《うそぶ》いた。

「それより、会所の話だけど、知っているね」

南蛮屋が大島屋に訊《き》いた。

「噂ていどですが。どうやら、平戸《ひらど》屋《や》さんが中心になって、もうじきできるそうで。長崎奉行さまへ筋は通したと他のお方から聞きました」

大島屋が語った。

「会所は長崎に店のある者だけかい」

「当初はそのようでございますな。会所設立に名前を連ねておられるお方は、平戸屋さんを代表に、皆さま名の知れたお方ばっかり」

南蛮屋の確認に、大島屋が告げた。

「なら、わたしも入れてもらわなきゃね。南蛮屋も長崎に店がある」

「…………」

大島屋は返事をしなかった。

「そこでだ、一度みなさまがたをお招きして、会所の問題を話し合おうと思う」

「お招きなさると」

招くのは発起人の仕事である。大島屋は南蛮屋の意図を見抜いた。

「そうだよ。異国との交易を一手に握る会所ともなれば、相応な人物でなければならるまい。悪いが、出島《でじま》におんぶにだっこで育ってきた長崎商人じゃ、無理だよ。ここは、日本有数の商売の町博多で揉《も》まれてきたわたしくらいでないとね」

「なるほど」

相手は客である。悪所の主《あるじ》は相づちを打った。

「ついては、わたしに寄ってくる連中がどのくらいいるか、調べてもらいたいんだよ。誰が味方で、誰が敵かを知らないと、勝負には勝てないだろう」

「へい。ちょっと人をやって様子を探りましょう。ただ、ときはいただかないといけません」

「わかっているよ。お金は後で払う」

大島屋の条件に南蛮屋が首を縦に振った。

「あと、もう一つ、お願いしたいことがある」

「なんなりと」

真剣な顔の南蛮屋に、大島屋も姿勢を正した。

「出島に出入りできて金に困っているやつはいないかい」

「金にでございますか……」

条件に少し大島屋が悩んだ。

「出島町衆でなければいけませんか」

大島屋が尋ねた。

「いいや。小者《こもの》でも門番でもいいよ」

南蛮屋が誰でもかまわないと告げた。

「出島町衆はみなさま、ご裕福でいらっしゃいますから」

真剣に大島屋が悩んだ。

出島はオランダ人の居留地であるが、その運営は長崎の町人に依託されていた。もともと出島も長崎町人の出資によってできたのだ。年間五十五貫で出島はオランダに賃貸されている。

これだけではない。出島の維持のため、大工、左官はもとより医師の他多くの職人もいた。他にも出島に入る商品の管理、販売などの実務をおこなう者たちもいる。その誰もが裕福であった。当たり前である。目の前にご禁制の品が転がっている。懐に入る小さなガラスの小瓶を一つ盗みだすだけで、十年は遊んで暮らせるのだ。この誘惑に耐えられる者でなければ、とても出島で仕事などできるはずもなかった。だが、人は弱い。その日の暮らしに差し支えれば、つい魔が差すということもある。もし、出島出入りの町人が抜け荷を手伝えば、それをよい機とばかりに幕府が手出しをしてくる。

出島は幕府の所有ではなかった。

鎖国をしたかった三代将軍家光《いえみつ》のころの幕府は交易の利よりも、キリスト教を締め出すことに重点を置いていた。そう、唯一交易を許したオランダが万一禁教令を犯したとき、幕府が主体でおこなっていたら、その影響をもろに受けてしまう。交易を担当する老中以下の役人たちは責任を取って切腹しなければならなくなる。それを防ぐため、幕府は出島のなかに手出しをせず、何かあったときは死罪に処すことで話を終わらせられるよう、町人たちに預けていた。

「今すぐに金で転ぶ者でもいいけど……」

「難しゅうございますね。通詞にしても出島出入りは財産でございますから。代々受け継いでいける株のようなもの。それをふいにさせるとなれば、かなりの金が要りましょう」

「百両では不足か」

「桁《けた》が一つ足りませぬ」

金額を口にした南蛮屋に、大島屋が首を振った。

「困ったね……」

南蛮屋が表情を曇らせた。

「さすがに千両はね。金ならあるけど……」

千両あれば、本宅の他に妾宅《しょうたく》を設け、若い女を囲って遊び暮らしても生涯保《も》つ。

「相場を狂わせてしまいますので」

大島屋も同意した。

ものごとには相場があった。とくに裏の仕事には、厳密とまではいかないが決まりがある。その範囲を大幅に逸脱するのは、よくなかった。一度でも相場をこえる金額が出てしまうと、今度からそれが基準になる。

「何々さんはこれだけくださいましたがねえ」

闇の仕事をするていどの者はつけあがりやすい。当たり前である。明日が知れない生活なのだ。稼げるときに稼ぎ、貯蓄などは考えもしない。明日生きていると思えばこそ、金を貯めるのだ。闇の者ほど金に汚く、執着する。

「相場をあげたのが、わたしだと知れたら……」

「いろいろなところから、つまはじきされましょう」

南蛮屋の言葉を、大島屋が継いだ。

商家はどうしても闇と触れあう。商いの都合上、闇の力を利用しなければならないときが多々出てくるのだ。こちらから近づかなくても、向こうからやってくる。もちろん、それを頑《かたく》なに拒む商人がほとんどだが、闇は便利である。つい、それに頼ってしまう者も出る。金次第でなんでもしてくれる者はありがたい。ただ、商人にとって金が損を産みだしてはならない。闇の力を遣うときは、それ以上に儲けを見いだしたときである。そんな商人たちからすれば、出費を増やすことになる南蛮屋は敵も同然であった。

「困ったねえ」

南蛮屋がため息を吐いた。

「出島に御用でも」

「用というか、出島に出入りしている医者が邪魔なんだよ」

大島屋の問いに、南蛮屋が答えた。

「出島医師といえば……」

「違う、違う。出島医者じゃなく、江戸《えど》から南蛮医学を学びに来た医者だ」

「江戸から……というと延命寺《えんめいじ》の」

さすがは人の噂が集まる遊郭の主である。良衛《りょうえい》のことを知っていた。

「知っているとはね。さすがだ」

「少し話題になっておりますので。船乗りと喧嘩《けんか》しただとか、怪しげな侍を切り伏せたとか医者とは思えぬ話が聞こえてまいりまする」

「医者としてはどうなんだい」

「評判でございますね。引田屋の女将《おかみ》が、一度で腰の痛みを治したと触れ歩いておりました」

南蛮屋の求めに、大島屋が応じた。

「名医か……惜しいがな。こっちの命と財産には代えられない」

南蛮屋が決意を表した。

「その幕府医師を片づけるのでございますか」

「そうだ。二度他人伝手《ひとづて》を使って襲わせたんだがね。あっさりと失敗してくれたわ」

肩を南蛮屋が落とした。

「なるほど……」

大島屋が、少し考えた。

「南蛮屋さま。金に困っているならば、誰でもよろしゅうございますか」

「出島のなかで動けるのならばね」

念を押した大島屋に、南蛮屋がうなずいた。

「一人、金に困っている男が……うちの妓に入れあげてしまい、金が不足して、出島の蔵の底に残った砂糖を持ち出して売っている和蘭陀《オランダ》商館員」

「南蛮人かい」

さすがの南蛮屋も驚いた。

「大丈夫なのかい」

南蛮屋が大島屋を見た。

「うちの見世への支払いもかなり溜《た》まっておりますので、こちらとしてもありがたい話でございまする。なにより、出島のなかでのもめ事は表に出ませぬ。長崎奉行所も出島のなかまでは手が届きませぬ」

大島屋が笑った。

「たしかにね。和蘭陀商館としては日本とのもめ事は避けたい、出島乙名としては長崎奉行に入りこまれては困る。見逃してきた交易の利を幕府は狙いだしているというからねえ」

南蛮屋が納得した。

異国との交易は儲かる。互いに相手の持ってない、欲しがるものを用意するのが交易の基本である。珍品あるいは需要の多いものは当然値段が高くなる。我が国から輸出されるものの一つである海産物を干したものを積めた俵物《たわらもの》は、原価の数倍の値で引き取られていくのだ。その利幅は大きい。財政が傾いている昨今、商人からの上納金を受け取るよりも、交易を独占したいと幕府が考えていることは、周知の事実であった。

「いくらだい、付けは」

「おおよそでございますが、四十五両はこえておりまする」

金額を訊いた南蛮屋に大島屋が告げた。

「五十両出せばいけそうだねえ」

南蛮屋が算盤《そろばん》を弾《はじ》いた。

「十分でございましょう」

大島屋が同意した。

「では、お願いしていいかね」

「わたくしではなく、妓を通じてがよろしいかと。男というのは、惚《ほ》れた女の願いには弱いものでございますから」

大島屋が提案した。

「よく言うよ。その妓にも心付けを渡せというんじゃないか」

すぐに南蛮屋が意図を見抜いた。

「……お気づきで」

「まったく、この南蛮屋の足下を見るとは、畏れ入ったわ」

笑いながら、南蛮屋が紙入れを取り出した。

「この金包み二つで五十両。そしてこの一両が妓への心付け」

「ありがとうございまする」

大島屋が受け取った。

「これは、仲立ち料だよ」

さらに南蛮屋が三両出した。

「仲立ちは一割だと……」

じっと大島屋が南蛮屋を見上げた。

「和蘭陀男の付けが清算されるんだろ。それだけで十分仲立ち料の分はでるはずだが。あんまり欲をかくものではないよ」

「……参りましてございまする」

声を低くした南蛮屋に、大島屋が折れた。

二

典薬頭《てんやくのかみ》の影響力は江戸中の薬種問屋にも及んでいた。

「その薬はならぬ」

そう典薬頭が言うだけで、一つの薬が禁止される。家伝の妙薬などを看板にしている薬種問屋にしてみれば、典薬頭は町奉行よりも怖ろしかった。

「頼むぞ」

「たしかにお預かりをいたしました。明日、品川《しながわ》を出る船にのせまする」

今大路《いまおおじ》兵部大輔《ひょうぶだゆう》の訪問を受けた薬種問屋が手を突いた。

「無理を申したの」

「いえ、典薬頭さまのためならば」

薬種問屋が手を振った。

「そういえば、そなたの店で商っている薬だが、ずいぶんとよいもののようだな」

頼みごととは違う話を今大路兵部大輔がした。

「お褒めにあずかり恐縮でございまする。先祖が役行者《えんのぎょうじゃ》さまから教わった霊薬でございまして、身体虚弱、産後回復によく効きまする」

店主が喜んで身を乗り出した。

「そうか。いかがであろうかの。その薬に添え書きをいたそうか」

「あ、ありがとうございまする」

今大路兵部大輔の申し出に、店主が狂喜した。

添え書きとは、今大路兵部大輔が効能まちがいなしとの保証を付けることになる。典薬頭の名前は大きい。この薬種問屋の薬は一気に評判があがる。明日から、薬を求める客が列をなしても不思議ではなかった。

「……では、頼んだぞ」

用意された紙に筆で効能絶佳と書いた今大路兵部大輔が立ちあがった。

「これは些少《さしょう》でございますが、御駕籠《おかご》代に」

懐紙に包まれたものを薬種問屋の店主が差し出した。

「うむ」

うなずいて今大路兵部大輔が受け取った。

典薬頭の添え書きを欲しがる店は多い。だが、そのすべてに応じるほど典薬頭の名前は安くない。そこいらの町医者とは違うのだ。

典薬頭の添え書きをもらうには、よほど評判であるか、そうとうな金を支払うか、老中や若年寄などの後押しが要る。

今大路兵部大輔は、薬種問屋に手紙を運ばせる代償として、添え書きの話を出した。もちろん、書いたお礼は別であった。

「油紙を用意しなさい。確実に手紙を届けなければなりません」

今大路兵部大輔を見送った店主が、手紙を宝物のように扱った。

江戸詰長崎奉行から長崎入港の許しを得た房総屋《ぼうそうや》のもとへ佐賀鍋島《さがなべしま》藩の勘定奉行が顔を出した。

「御用は」

「すまぬ。詫《わ》びは何度でもする」

訪問の意図を問うた房総屋に勘定奉行が手を突いた。経済が商人の手に移り、武家は金で抑えこまれているとはいえ、身分差からいけばあってはならない姿であった。

「はて、なんのことでしょう」

房総屋は冷たくあしらった。

「許してくれ、房総屋」

勘定奉行が泣きそうな顔をした。

「諏訪《すわ》さま」

房総屋が勘定奉行の名前を呼んだ。

「先日、わたくしがお願いをいたしましたとき、あなたさまはお断りになりました」

「こ、断ってなどはおらぬぞ」

「なにをおっしゃる」

鼻先で房総屋が笑った。

「こちらのお出しした借財の半金棒引き、利子の半減という条件では足らぬと言われたのは、諏訪さまでございまする。しかたなく、わたくしは使いたくもない娘の名前を出して、他のお方にお願いをいたしました」

「なっ、なんだと……」

すでに別口に頼んだと聞いた諏訪が絶句した。

「では、もう……」

「はい。不要でございますな」

愕然《がくぜん》とする諏訪に、房総屋が追い打ちを掛けた。

「ところで諏訪さま、今期のお支払いはまちがいございませんでしょうな。そろそろ期限でございますが」

「し、支払いは……ま、待っていただきたい」

請求された諏訪が、焦った。

「おもしろいことを仰せになる。こちらの求めを拒んでおきながら、借金を待てと……はん」

房総屋があきれかえった。

「支払いをお待ちするならば条件がございまする」

「条件……なんじゃ」

「利子を五分、次の節季からあげさせていただきまする」

「無茶を申すな。五分もあげられては、払えぬ」

利子が一気に一倍半になる。返済が膨れあがるどころでの騒ぎではなかった。勘定奉行が腹を切っても防がなければならなかった。諏訪が顔色を変えた。

「では、元利合わせてお返し願いまする。期限でございますから」

冷酷に房総屋が告げた。

「何とか……」

諏訪が縋《すが》った。

「待って欲しいならば、こちらが納得できるようなお話をお持ちいただかねば」

房総屋が諏訪を見た。

「なんだ。なんでも言ってくれ。なんなら藩士にしても……」

「御免でございまする。身分で飯は喰《く》えませぬ」

士分にしてやるとの話を房総屋は一顧だにすることなく拒んだ。

「ぶ、無礼な……」

武家を馬鹿にするような返答に、諏訪が顔を赤くした。

「……いや、なんでもない」

だが、すぐに血の気をさげた。

「先日、わたくしがお願いした話を持って来ていただきましょう。さすれば、借財はお待ちしましょう」

「半金棒引きと利子半減は……」

「そちらからお断りになったのでございますよ。今さら厚かましい。こちらが欲しいと思えばこそ、それに値打ちがでます。その機を逃せば、価値はさがる。食べものや女《おなご》と同じ。旬《しゅん》というか売りどきがございますのでね」

「……頼む。このままでは拙者が藩に帰れぬ」

諏訪が泣きついた。

「存じませんな」

房総屋は見捨てた。

「切腹せねばならぬのだ。このままでは。拙者の命を助けると思って……」

「金は商人の命でございまする。いくら言われても無理でございますな。あなたさまを生かして、わたくしが死んでは意味ございません」

「………」

諏訪が沈黙した。

「お武家さまが欲をかくからでございますよ。もともと入ってくる金のなかでやりくりすれば、借財などできないものを」

「武士には武士の体面がある」

「体面で米は買えませんな」

房総屋が一蹴《いっしゅう》した。

「きさま……たかが商人《あきんど》の分際で……」

諏訪が太刀の柄《つか》に手を掛けた。

「番頭さん、人を走らせておくれ。御老中大久保加賀守《おおくぼかがのかみ》さまに、鍋島さまから脅しを受けていると」

大声で房総屋が指示をした。

「抜いたら、お家が潰れますよ」

柄を摑《つか》んで震えている諏訪に、房総屋が言った。

「くううう」

諏訪が歯がみをした。

江戸で無礼討ちはまず認められない。認められるのは、衆人の目の前で主家を愚《ぐ》弄《ろう》されたときくらいであり、己は唾《つば》を吐きかけられてもがまんしなければならない。

江戸は将軍の城下町であり、住んでいる町人は将軍家の領民になるからだ。

武士にとって主家は命よりも重い。主家があるから禄《ろく》をもらえ、武士としていられるのだ。両刀を差しているだけでは武士とは言えない。

怒りにまかせて房総屋を斬れば、まちがいなく罪は主家に及ぶ。勘定奉行が金を借りている商人を殺して、私怨《しえん》でとおるはずはない。まして、今の将軍は、厳格で知られている。外様《とざま》の雄藩を傷つける好機を見逃してくれるはずはなかった。

「結果を出して下さいな」

「……結果を」

「はい。先日わたくしが求めた南蛮《なんばん》流子孕《はら》みの術。それをお持ちいただければ、前回とまではいきませんが、いささかの心遣いはさせてもらいましょう」

完全に上の立場から房総屋が指示した。

「わ、わかった。長崎にいる幕府お医師から訊き出せばよいのだな」

「さようでございまする」

確認した諏訪に、房総屋が首肯した。

「しばし待ってくれ」

急いで諏訪が房総屋の前を辞そうとした。

「ああ。申しあげておきますが、もう一手のほうが早ければ、なかったお話になりますので。なにせ、かなりあのときから日が経っておりますので」

房総屋が諏訪を睨《にら》みつけた。


藩邸に戻った諏訪は、江戸家老へと子細を報告した。

「きさま……」

江戸家老が激怒した。

「すぐに詫びてこいと申したにもかかわらず、無駄に日を潰したな」

先日、房総屋からの求めを諏訪が拒む形になったことを江戸家老は叱責《しっせき》、再訪して頭を下げてこいと命じていた。

「申しわけもございませぬ。ただちに取って返そうといたしましたが、急ぎの御用が入り、その処理に手間取ってしまいまして」

諏訪が言いわけをした。

「勘定奉行に借金減額以上の急務はない」

「国元におられる殿からのご指示でございました」

諏訪がまだ言いつのった。

「…………」

主君の名前が出ては、江戸家老といえども文句は言えなかった。

「ご指示を先にせねばなりませぬ」

「やむを得ぬ。わかった」

見事に諏訪は言い逃れた。

「しかし、南蛮の産科術か……」

江戸家老が苦い顔をした。

「いかがなさいました」

諏訪が首をかしげた。

「ただちに国元へ使者を立て、長崎へ命じませぬと」

「いや、それはならぬ」

急務だと言った諏訪に、江戸家老が首を振った。

「なぜでございまするか。これを果たさねば、借財の支払いをいたすことになりまする。数千両の金など、当家にはございませぬ」

諏訪が江戸家老に迫った。

「考えよ、諏訪」

江戸家老が諏訪を見た。

「なぜ房総屋は自ら長崎へ行かぬ。己が出向いて直接交渉したほうが早いだろう」

「それは、相手が幕府お医師でございますゆえ、商人の身分では話もできにくいと」

「同じであろう。我らは陪臣じゃ。幕府お医師は直参ぞ。やはり格が違う」

「…………」

諏訪が黙った。

「今、南蛮流の産科、いや孕み技をもっとも欲しがっておられるのは、どなたじゃ」

「欲しがっておられるのは、上様のご側室方でございましょう」

「うむ。だが、幕府お医師をそのために長崎へ派遣させるだけの力を持っておられるお方は、ただお一人じゃ」

答えた諏訪に江戸家老がうなずいた。

「……お伝《でん》の方さま」

諏訪が思い当たった。

「そうじゃ。お伝の方さまでなければ、幕府お医師を長崎までやることはかなわぬ。他のご側室方ならば、せいぜい長崎奉行さまに命じて、そのような技があるかどうかを和蘭陀商館へ問い合わせるくらいじゃ」

側室といえども、そうそうに力を持つわけではなかった。将軍の手が付いたていどならば、実家が少しいい目を見るくらいである。目見え以下が目見え以上になるとか、布衣《ほい》格を許されるとかだ。それ以上となれば子を産まなければならなかった。子を産んで初めて側室はお腹さまとなり、将軍の家族扱いを受ける。ここまでくれば、実家も相応な身分に引きあげられる。生まれた子供が嫡男でなくとも、女であっても、将来養子あるいは嫁に行くであろう大名家と縁組みしてもおかしくないところまで家格があがる。

お腹さまは将軍の一族になる。当然、その権は大きくなり、役人たちを動かすこともできるようになる。そして、今、大奥でお腹さまはただ一人しかいなかった。

「お伝の方さまが、南蛮秘術を知られる前に、我らが房総屋に報せたとなったらどうなる。お伝の方さまのご手配を横からかすめ取るも同然ぞ。もし、それがお伝の方さまに知られたら……佐賀はお伝の方さまを敵にすることになる」

「ひっ……」

江戸家老の言葉に諏訪が悲鳴をあげた。

「お伝の方さまが、上様に一言、佐賀のせいで子を生《な》す技を手にできなかったと告げられたら」

「佐賀は潰れる」

諏訪が口にした。

「わかったか。だから、国元へ使者は出さぬ」

「ですが、房総屋はどうなりましょう。わたくしどもが動かねば、借財が……」

勘定奉行にとって借金ほどこわいものはなかった。なにせ使うこともできない利子という無駄金が一刻《とき》ごとに増えていくのだ。

顔色を失った諏訪が問うた。

「房総屋を騙《だま》す」

「げっ」

江戸家老の一言に諏訪が絶句した。

「ときを見計らって適当な話を持っていけ」

「大丈夫だ。房総屋は医者ではない。こちらが言うことを見抜けぬ。それにことがことだ。後々の証拠となるような書きものは残せぬ。それくらい、房総屋もわかっている」

問題はないと江戸家老が断言した。

「無茶な……」

諏訪が首を横に振った。

「しかし……」

「ならば、そなたが代案を出せ」

「それは……」

「文句ばかり言うな。儂の提案に不満があるならば、それ以上の代案を出せ。出せぬくせに、他人《ひと》の意見に反論するなど、無責任きわまりない。そのような輩《やから》に藩政ができるか。勘定奉行を辞任いたせ」

「わかりましてございまする」

役を失えば手当がなくなる。あわてて諏訪がうなずいた。

「任せるぞ」

「わかりましてございまするが、南蛮秘術をどのように言えばよいか……」

「藩の医師に問え。それらしい薬とか、療法をな」

まだ頼ろうとする諏訪へ、江戸家老が言い付けた。

三

出島で門限まで過ごしてから、良衛は延命寺で診療をおこなった。

「これでもうよかろう」

良衛は、若い男の足首を確かめた。

「おかげさまで、すっかり歩けるようになりやした」

若い男が喜んだ。

「もう、馬鹿をするでないぞ」

「へい。懲りやした。酔った勢いで、あんなことをするのはもう御免で」

良衛に釘《くぎ》を刺された若い男が反省した。

「丸山の女にいいところを見せようと、二階からでんぐり返りで一階の庭へ降うるなど……怪我をするような男に、女は身を任せようとは思わぬものでございますぞ。女はしっかりと大地に足をつけた男を好むもの」

三造《さんぞう》が説教をした。

「えへへ。明日《あした》からちゃんと働きやす」

若い男が頭を掻《か》いた。

「では、気を付けての」

良衛が診療の終わりを告げた。

「どうも」

診療室代わりになっている離れの奥の間を若い男が出ていった。

「これを」

見送りに立った三造に、若い男が小銭を渡した。

「少ないけど……」

寛永通宝《かんえいつうほう》を若い男が二十枚出した。

「薬が出ておらぬからの」

苦笑しながら三造が受け取った。

「すまねえが、怪我で職に出てないので」

「先生は金の多寡でどうこう言われるお方ではない。施しはなさらぬがな」

申しわけなさそうな若い男に、三造が応じた。

「明日から漁に出やす。今度獲物をもってきやすで」

「おいおい。ここは寺域じゃぞ。生臭ものは、禁止じゃ。さあ、もう帰りなさい」

三造が手を振った。

「これだけいただきましてございまする」

戻ってきた三造が、小銭を見せた。

「意外とくれたの」

良衛がほほえんだ。

「今日は三人、薬代を含め、合計二分と四百六十文でございまする」

三造が勘定した。

「西海屋《せいかいや》への支払いが一分と八百。残りは六百六十か。厳しいの」

良衛が頬をゆがめた。

一両はおよそ四千文ほどである。一分は一両の四分の一なので、今日の儲けは六百六十文になる。日雇い人足の日当が二百文いくか、いかないかからすれば多いが、異境の地で間借りしている二人分としては、些《いささ》か心許《こころもと》なかった。

「あまり気になさらずとも、自炊しておりますし、延命寺さまへのお布施はすでにお納めずみでございまする」

三造が慰めた。

「わかってはいるが、筆写の紙も買わねばならぬし」

オランダ商館長ヘンドリック・ファン・ブイテンヘムの厚意で図書室の本を筆写させてもらっている。さすがにその紙やインクまで貸してくれとは言えなかった。

また、筆写の紙が安い御簾紙《みすがみ》のようでは、墨がにじんであとから判別できなくなる。引っかかりのない、文字がはっきり見える高級なものでなければ、役に立たなかった。

「かといって稼ぐために、朝から診療をしては勉学ができぬ。御上《おかみ》からいただいた金は書物や道具の購入に使わねばならぬ」

良衛は悩んだ。

「先生」

夕餉《ゆうげ》の汁を作っていた三造が、台所土間から顔を出した。

「長崎へなにをしに来たのか、もう一度お考えくださいませ」

三造は良衛が子供のときから、矢切《やきり》家に仕えてくれている小者である。嫁を娶《めと》ることもなく、ずっと矢切家の雑用を果たし、良衛を育ててきた。

三造ほど良衛の心をわかっている者はいなかった。

「飯なんぞ、三日に一度くわなくても死にはしません。昔話ですが、備前《びぜん》の梟雄宇《きょうゆうう》喜多直家《きたなおいえ》は、一ヵ月に幾日か絶食の日を設け、その米を万一のために貯わえたとか。戦国でもできたことでございまする。たまの断食も、修行だと思えば」

「……そうだな」

良衛は三造の気遣いに軽く頭を下げた。

遊学の目的は、新知識、新技術の修得である。しかし、もう一つの目的で来る者も多い。

「長崎で最新の南蛮医術を学んで参った」

こう自慢して、医院の看板代わりにするため、長崎へ来るのだ。

そんな連中は物見遊山気分である。宿に借りた寺に居着くことなく、毎夜丸山の遊郭で遊ぶ。

「源覚《げんかく》先生」

「なにかの公伯《こうはく》先生」

丸山遊郭で一夜を明かし、寺へ戻って朝餉《あさげ》を食べていた若い禿頭《とくとう》の男二人が顔を見合わせた。

「富山《とみやま》先生は、最近お忙しそうじゃの」

「うむ。毎日、出島へ出かけておられる」

源覚の話に、公伯が首肯した。

「毎日出島へとは、ずいぶんとご熱心だな。和蘭陀から新しい医師が赴任してきたのかの」

今、オランダ商館に医師はいない。商館長がバタビアで簡単な医術教練を受けただけで、最新の医学を学んだ者はもちろん、なにかの事情で本国に居られなくなったような藪《やぶ》医者も長崎のような辺境には来なかった。

「違うらしい」

源覚へ公伯が首を左右に振った。

「ではなぜじゃ。我らが長崎へ来てから三カ月になるが、一度も出島には行かれていなかったはずだ」

源覚が首をかしげた。

「江戸から幕府お医師が来ているらしい」

「幕府お医師さまか。うらやましいの。幕府お医師になれば、終生喰いはぐれることはない」

公伯に言われた源覚が身を乗り出した。

「夢じゃの」

公伯も同意した。

「ということは、富山先生は、幕府お医師さまと会うために」

「うむ。富山先生の書生から聞いたところによると、ずいぶんと富山先生は幕府お医師さまにご執着なさっているらしい」

確認する源覚に、公伯が首肯した。

「ということは……」

源覚が片口に手を伸ばした。

一夜、丸山の遊女屋で過ごした二人は、迎え酒と称して朝酒を酌《く》んでいた。

「富山先生は、幕府お医師として召し出されるのをお望みらしい」

公伯が言った。

「まことか。長崎で指折りの医師として、評判なのだぞ。薬料もかなり高額だというに、患家は引きもきらない。一年のあがりはそこいらの商家をはるかにこえる。それを捨てて、江戸へいかれるというか」

信じられないと源覚が首を左右に振った。

医者も生きていかなければならない。

患者が来なければ、医者などただの役立たずである。患者が来て、薬を出して初めて医者は金をもらえる。ようは、人気がなければ医者も潰れる。

その医者へ行っていいかどうかという判断は、評判によるしかない。

庶民は風邪を引いた、足を捻挫したていどでは医者へいかない。じっとしているだけで治らない段階になって、初めて医者へ行く。庶民にとって、それほど医者は遠い。薬代がかなりになり、病は治ったけれど、金がなくなって食事にもことかくとなりかねないからだ。それだけに、医者選びは真剣であった。

家の近くに新しい医者ができたといって、診療に行く者はまずいない。

「何々先生のお弟子さんだそうだ」「幕府お医師の息子さんらしい」などの付加価値がなければ、まず開業当初から患者が来ることはない。

何年、何十年と地道に診療して、ようやく得た信用が財産であった。

富山周海《しゅうかい》は、その信用で長崎で指折りの南蛮医師として評判を得ていた。

「医院よりも幕府お医師に重きをおかれている……」

「もう十分稼がれたのだろうな。で、金よりも名誉が欲しくなったと」

「となると富山先生の診療所が空く……」

「たしかに……」

二人の若い医師が表情を厳しくした。

「源覚先生は、たしか岡山《おかやま》のご実家がござったの」

「いやいや、公伯先生こそ、泉州堺《せんしゅうさかい》で知られた御尊父さまの跡をお継ぎになるのでございましょう」

「あいにく愚昧《ぐまい》は次男でございましてな。父の跡は兄が襲いまする」

公伯が否定した。

「跡継ぎでもないのに長崎まで遊学をさせるとは、かなりご裕福なのでございますな。それこそ、あくせく働かれずともよろしかろう」

「なにを仰せか。源覚先生こそ、岡山池田《いけだ》家のお抱え医師のお家柄。名門医師を絶やすわけには参りますまい」

公伯が言い返した。

「お抱え医師など、飼い殺しにされているだけ。新しいことはできぬ。先代さまに有効だった薬を出せと、症状や性などでの変更も認められぬ。用人の言うとおりにしなければなにもできぬ。長崎で新しい医術を学んでも、それを生かせるかどうかさえわからぬのだぞ」

源覚が実状を吐露した。

「むっ」

「とにかく、一度富山先生にお話を伺わねばなりませぬな」

二人は酒を止め、急いで朝餉をかきこんだ。

四

富山周海の診療所は、多くの患者で溢《あふ》れていた。

「依之介《よりのすけ》、こちらに湿布を。佐久馬《さくま》、その方は胃弱じゃ。温石《おんじやく》を当てて、大黄《だいおう》を処方して」

出島に行くまでに、できるだけ患者をこなさなければならない。富山は、診断だけして処置を弟子たちに任せていた。

「先生」

「おはようございまする」

「ちょうどよいところに、早川《はやかわ》源覚どの、水野《みずの》公伯どの。早速で悪いが、処置をお願いしたい」

やってきた二人の若い医師に、富山が喜んだ。

「いや、少しお話を……」

源覚が手を振った。

「話……あとで聞く。今は患家をさばくことが重要じゃ」

富山が源覚の申し出を一蹴した。

「しかし、先生はこのあとすぐ出島へ出かけられてしまいますので……」

「なにを言うか」

抗《あらが》おうとする源覚を富山が怒鳴りつけた。

「医者は患家を優先する。医者の事情はその後じゃ」

「さすがは富山先生」

「ありがたや」

診療室にいた患者たちが感嘆した。

「私用は診療を終えてからじゃ。暇なときにいたせ」

「……はい」

「わかりましてございまする」

この雰囲気のなかでまだ言いつのることは、二人にもできなかった。

「では、任せる」

「承知」

若い二人が動いた。

長崎に遊学した若い医師たちが、出島への出入りを許されるはずはなかった。出島乙名とのつきあいていどでは、長崎奉行の許可がでない。なにせ、出島のなかはオランダ同然の扱いを受ける。そこへ入ることは、鎖国の禁を破るに等しい。幕府の許可無く、出島へ入ることはできなかった。

では、遊学した医師たちはなにをするのか。長く長崎にあって、奉行所に顔が利き、出島出入りも許された南蛮流医師のもとへ弟子入りして、その技術を身に付けるのだ。そして遊学を終えたとき、その医師から免許をもらって国元へ帰る。

当然、弟子なのだから、日当は支払われない。どころか、逆に束脩という名の礼金を出さなければならなかった。

「今から出島へ行く。頼んだぞ」

四つ（午前十時ごろ）、富山は良衛と会うために診療をきりあげた。

「先生、お話は」

「そうだったな」

引き留められた富山が苦い顔をした。

「……しかたない。今日は出島をあきらめる」

「申しわけありません」

「ありがとうございまする」

話を聞いてやるという富山に、源覚、公伯が頭を下げた。

「なんじゃ、いったい」

別室へと二人を案内した富山が問うた。

「……おい」

「おぬしが……」

源覚と公伯が互いに口を開くのを押しつけ合った。

「どちらでもよい。さっさと申せ。儂は忙しい」

富山がいらついた。

「……聞けば、先生は幕府お医師になられるとか」

「どこで聞いた、その話」

言った源覚を富山がにらみつけた。

「ま、丸山でございまする」

「丸山か……。ならば、いたしかたないな」

びくついた源覚の答えに、富山がそれ以上の追及を止めた。

町でもっとも噂が集まるのは、町奉行所でも、豪商の集まりでもなかった。遊郭こそ、噂の中心であった。

丸山には、長崎中どころか、異国の噂までが寄った。男がその日の相手となった妓に話をするからであった。

男というのは、女にもてたいと願っている。

見た目が良い、金持ちである。これだけでもてる。だが、見た目や金で女の歓心を得られない男は、話で盛りあげるしかなくなる。

話で盛りあげるとなったとき、簡単で効果が高いのは他人の、それも長崎で名の知れた人物の噂であった。

誰も聞いたことのない名前、見たこともない人の話などおもしろくもない。女と話の接ぎ穂を見つけ、そんなことまで知っているのだと感心してもらうには、著名人を餌食《えじき》にするしかないのだ。長崎で指折りの名医、繁盛医師として有名な富山周海ならば、十分噂の種になった。

「出所はわからぬか」

「妓との枕話でございましたので」

確認する富山に源覚が首を左右に振った。

これで噂のもとはたどれなくなる。遊女は、毎日別の男と閨《ねや》を共にしている。安い遊女や人気の妓ともなると、一日数人の客を取ることもある。誰から聞いた話かなど、女が覚えているはずはなかった。

「で、その噂どおりだとどうしたというのだ」

「江戸へお出でになるおつもりでしょうか」

話を進めろと言った富山に、公伯が問うた。

「声をかけていただけばの話だ」

富山が肯定した。

「では、この診療所は……」

源覚が少しだけ前のめりになった。

「……そういうことか」

すっと富山の目が細められた。

「たしかに、愚昧が江戸へ行けば、ここは空く。それは患家のためにならず。治療を放って江戸へ離れるからな」

「誰かに後をお任せになるおつもりは」

公伯が問うた。

「弟子の誰かに預けるつもりである」

富山が告げた。

「預ける……」

源覚が引っかかった。

「そうだ。儂が江戸へ行っている間、患家を診てもらうだけだからな」

「……長崎へ帰ってこられると」

公伯が尋ねた。

「もちろんじゃ。儂はこの地で生まれ、医術に触れ、医者の道を志したのだ」

「江戸へは……」

「幕府お医師になれば、天下の名医と言われたも同じであろう。それだけで十分だ。一年ほど江戸でお役目を果たせば、吾が名も十分に広まろう」

「一年……」

「それだけ……先生、江戸で名をなそうとはお考えにはなりませんのか。やはり天下の名医は江戸でなければ」

落胆している公伯に対し、源覚が富山を持ちあげようとした。

南蛮医学は長崎、伝統医学は京《きょう》、それぞれに歴史と矜持《きょうじ》はあるが、今の天下は江戸である。江戸で名を売ってこそ、天下の名医と言えた。

「江戸でやっていけるとは思っておらぬ」

富山が述べた。

「そんなことは……」

「いいや。江戸では、儂はまったくの無名じゃ。無名な者を受け入れるほど、江戸は甘くなかろう」

「幕府お医師という肩書きがあっても……」

「そんなもの、江戸にはいくらでもいるではないか」

「まさか、幕府お医師でもはやっていないと……」

公伯が目を剝《む》いた。

「そんなことはございますまい。幕府お医師となれば、天下の名医。患家が行列をなして当然でしょう」

源覚も否定した。

「実例を見たからの」

なんともいえない表情で富山が述べた。

「……実例。今長崎に来ている幕府お医師どのでございまするか」

「うむ」

問うた源覚に、富山がうなずいた。

「とても繁盛しているとは思えぬぞ。筆写の紙ももったいないと、書き損じがでてもそのまま使用する。長崎に来てから丸山に行っていない。ああ、一度西海屋に連れられて引田屋には行っているが、それも食事だけだ。妓を揚げてはいない」

そこまで言った富山が、二人の若い医師をじろりと見た。

「…………」

「いや……」

二人が気まずそうに顔を伏せた。

「田舎では十分通じる幕府お医師という肩書きも、江戸では奥医師にならねば、ほぼ無意味のようだ」

「奥医師……将軍家の侍医」

「法眼《ほうげん》さま」

源覚、公伯の二人が唖然《あぜん》とした。法眼は僧侶《そうりょ》でもかなりの高位になる。医師は僧侶として扱われた。

「で、では、奥医師を目指されては。師のご力量ならばすぐに奥医師へご出世なさいましょう」

公伯がおだてた。

「さよう、さよう」

源覚も同意した。

「無理じゃな」

はっきりと富山が首を左右に振った。

「えっ」

「なぜ」

二人が驚いた。

「儂では及ばぬ御仁でさえ、奥医師になれていない。幕府お医師としてすでに何年の経験があってもだ」

「先生が及ばないなど……」

「公伯どのよ。そなた、和蘭陀語の医術書が読めるか」

「……読めませぬ」

「わたくしも」

公伯と訊かれてもいない源覚までうつむいた。

「読むのだぞ。あの、折れ曲がった釘の羅列を」

「いかに頭が良くとも、医師は腕が立たねばなりませぬ。将軍の侍医ともなれば、そうとう医術に堪能《たんのう》でなければ……」

源覚が語った。

「悔しいが、儂より腕も立つ」

富山が頬をゆがめた。

「ですが……」

「典薬頭さまの娘婿でもある」

まだ粘ろうとした公伯に、富山が止《とど》めを刺した。

「…………」

二人が黙った。

「奥医師など夢のまた夢と気づかされたわ」

富山が嘆息した。

「江戸へ出たとしても、儂に届くのは幕府小普請医師か表御番医師じゃ」

小普請医師は、表御番医師への控えであった。巷《ちまた》で名前が売れれば、小普請医師を飛ばしていきなり表御番医師になることもある。いや、奥医師に推されるときもある。しかし、基本は小普請医師からの出世であった。

表御番医師は常駐幕府医師のなかでもっとも格下になる。言葉どおり、江戸城中に勤める役人たちの急病や怪我を治療する。当たり前のことだが、救急での対応しかせず、続けての診察や治療はおこなわない。しかも、老中や御三家などの身分高い方になにかあったときは、将軍からの思《おぼ》し召しという形で奥医師が派遣される。表御番医師はほとんど木っ端役人担当であった。

「それでもなりたいのだ。儂は」

富山が宣した。

「幕府お医師になって得られる名声も欲しい」

腕かこねで出世できる医師なればこそ、出自には関係なく旗本になれる。出が百姓であろうが、商人であろうが、一度医師になれば旗本になる夢が見られる。

「……そして」

一度富山が言葉を切った。

「幕府お医師になれば、長崎奉行でさえ遠慮する。そう、長崎でよほどのことがないかぎり、奉行所の手出しはなくなる」
富山が口の端をゆがめた。
幕府医師は若年寄支配である。長崎奉行では手だしができない。捕まえるために
は、江戸へ使者を出し、若年寄あるいは目付の許可を得ないと越権行為になる。長
崎奉行を経て、勘定奉行、町奉行へと出世していこうと願っている役人にとって、
越権行為は正しいことであっても足を引っ張られるもとになる。これはなによりも
慎むべきであった。
「ごくっ」
「…………」
源覚と公伯が唾《の》を呑んだ。
「さて、どうするか。儂の留守を預けるには、そなたたちまだまだ実力が足りてお
らぬ。二人足してもまだ不足じゃな。それではとても流行《はやり》医者にはなれぬわ」
しっかり富山は二人の狙いを読んでいた。
「ただまあ、幕府お医師の弟子という看板は、田舎では大きいと思うぞ」
ゆっくりと富山が笑った。
「励みまする」

「勉強いたしまする」

二人が背筋を伸ばした。

「儂が幕府お医師になるための手伝いをしっかりしてもらう。源覚」

敬称を富山は取った。

「はっ」

源覚が背筋を伸ばした。

「通詞ができるほど和蘭陀語を学べ。大野《おおの》に話はしておく。金の心配はせずともよい。儂が出す。医学書が読めるようになれ」

「ど、努力いたしまする」

源覚が手を突いた。

「公伯、そなたは手術道具じゃ。和蘭陀商館にある書物から手術道具の絵を写して、それを鍛冶《かじ》に作らせ、使用法を探り出せ」

「わかりましてございまする」

両方とも困難な命令であるが、やるだけの価値はあった。

「しっかり頼むぞ。見返りは期待していい」

もう一度富山は、二人の士気を煽《あお》った。

五

　オランダ船が長崎にいない時期、佐賀藩長崎警固屋敷には、中老格の警固頭が二名、鉄炮頭《てつぽう》が二名、石火矢《いしびや》係四名、目付二名、足軽九十名が詰めていた。他に屋敷ではなく、湾内に面した水軍小屋に二百二十名ほどが待機していた。

「本藩から至急の命だと……」

「江戸屋敷からの報告じゃというが……」

　中老二人が顔を見合わせた。

「まず、ご貴殿から」

　先任の中老に、もう一人が勧めた。

「お先でござる。石山氏」

　礼儀として断りを入れた先任の中老が、書状を読んだ。

「むうう」

「いかがでございまするか、南氏」

　石山が内容を問うた。

「ご覧あれ」

南が石山に書状を渡した。

「拝見……」

石山が書状に目を落とした。

「房総屋の邪魔をしろと」

「そのようでござるな」

書状から顔を上げた石山に南がうなずいた。

「房総屋とは何者でございましょう」

南が首をかしげた。

「江戸の廻船《かいせん》問屋だ。佐賀から江戸へ運ぶ荷を預けておる」

「お家出入りの商人でございますか。それはまた妙な。出入り商人の邪魔をしろとは、どういうことでございましょう」

よりわけがわからなくなったと南が困惑した。

「二年前まで、儂は江戸屋敷詰めであった」

石山が話し始めた。

「房総屋に、鍋島家は金を借りておる」

「金を……」

南が繰り返した。

長崎警固屋敷を預かる頭になるほどである。南も相応に優秀であり、藩の実状も知っていた。

「借りているならば、より気を遣わねばならぬのではございませぬか。便宜を図るならまだしも、足を引っ張るなど……」

南が驚いた。

「房総屋はやりすぎたのだ」

「やりすぎた……」

「うむ。金を借りているほうが、遠慮するのはあたりまえだ。しかし、武家を商家が支配するようでは、世の理《ことわり》をくずすことになる」

「房総屋が鍋島家を好きにしていると」

「好きにしているというのは、いささか言い過ぎだがな。江戸屋敷の勘定方など、房総屋の言うままじゃ。藩士なのか、番頭《ばんとう》なのか……」

石山がため息を吐いた。

「房総屋……なにか聞き覚えがござる」

南が思い出すような顔をした。

「気づいたかの。房総屋は上様のご側室、お露《つゆ》の方さまの実家方《さとがた》である」

石山が告げた。

「お露の方さま、数年前にお手が付いた」

「うむ」

石山が首を縦に振った。

「では、それこそ房総屋の機嫌を取らなければならぬのでは」

より南が混乱した。

「お露の方さまが、お世継ぎさまをお産みになっているならばな」

石山が声を低くした。

「たしかにさようではございますが……」

「のう、南。おぬしの家柄は代々国家老を務めていたな」

「はい。三代続けて、国家老でございました」

問われた南が答えた。

「ならば、知っておかねばならぬな。大奥の力関係をな」

「大奥、御上のでございますか」

「そうじゃ。大奥の動きをしっかりと見て、藩の立ち回りを変える。それをしくじれば、名門大名といえども潰れる」

石山が南を諭した。

「格からいって、儂はここまで止まりだろう。あと数年、長崎で過ごし、その後国元へ帰って中老になる。あとは隠居するまで同じ職にしがみつく。まあ、できすぎた出世だ。満足している。だが、おぬしはそうはいかぬであろう」

「……………」

南が黙った。

「おそらく、ここのあと、貴殿は江戸へ配されることになろう。国元に籠《こ》もる前に、江戸を知っておくべきだからな」

「江戸を知る」

「天下の城下町は怖い。庶民どもも将軍の城下町だと威張っておる。九州《きゅうしゅう》の片田舎の大名など、端《はな》から相手にしていない」

「なんと無礼な」

九州は無骨な土地柄である。身分は厳しく護《まも》られ、庶民は武家を尊敬している。南が憤慨した。

「それがいかぬのだ。江戸では町人に対しても、ていねいな対応をしなければならぬ。その最たる相手が、金を貸してくれている商人じゃ。江戸でもっとも力を持つのは金だからな。殿といえども、金がなければなにもできぬ」

「そのような……」

「落ち着いて聞かれよ」

興奮しかけた南を石山が諫《いさ》めた。

「城下でもっとも気を遣わねばならぬのが御用商人。そして……」

石山が一度言葉を切った。

「江戸城でなにより怖れるべきは、大奥の女」

「大奥を怖れよと言われるか」

南が目を剝いた。

「そうよ。大奥の女を敵に回すのだけは避けねばならぬ。なにせ、大奥の女は直接上様にお話ができる。表の役人が一人で上様にお目通りを願えぬのに対し、大奥女中は、とくに閨に侍《はべ》る女は、内緒の話ができる。佐賀の鍋島はこのような讒言《ざんげん》を遮られることなく、上様のお耳に入れられる」

「しかし、大奥の女は外に出られぬのでは。それならば当家とのかかわりは」

石山の話に、南が疑問を呈した。

「それが問題なのだ。外に出られないというのは、外から干渉できないと言うことでもある。どこかから吹きこまれたことを事実かどうかさえ確かめず、上様へお伝えしかねぬ。それを防ぐ手立てがない」

石山の雰囲気が変わった。

「つまり、大奥の女に鍋島が悪く思われたら、回復する術《すべ》がないのだ」

「手がうてぬと」

「そうだ」

ゆっくりと石山が肯定した。

「それと房総屋のことが、どこでつながるのでございましょう」

南が理解できないと首を横に振った。

「房総屋が力を持てば、お露の方さまのもとへ金が回る。金を持てばお露の方さまの力があがる」

「それがどうかいたしましたか」

南が訊いた。

「今のお露の方さまは、大奥でさほどの力を持たれぬ。だが、金を持てば人が寄る。

人の数は力である。それを黙って見ていてくれるほど、女は甘くない」

「出る杭《くい》は打たれる」

石山の言いたいことを南は察した。

「本藩は、お露の方さまは出る杭と判断したのだ」

「打たれて引っこむと。一体どなたが……」

南が尋ねた。

「お伝の方さまよ。お伝の方さまは、亡くなられたとはいえ、上様のお世継ぎを産んでおられる。大奥でただお一人のお腹さまじゃ。上様のご寵愛《ちょうあい》を恣《ほしいまま》になさるお伝の方さまが、お露の方さまの台頭を許されまい」

「なるほど。房総屋にこれ以上儲けさせてはまずいと」

南が理解した。

「南蛮の孕み術か。そのようなものがあるのでございましょうや」

「あろうが、なかろうが、そんなものはどうでもいい。ただ、房総屋のもとに何一つ届かぬようにいたせばいい」

石山が言った。

「…………」

南が考えた。

「……いや、こちらが動くのはまずいか。どうせ、本人は来ぬだろうが、あとで邪魔されたと報告されては、まずい。借財しているのはこちらじゃ」

世慣れた石山が、一度言ったことを覆した。

「では、どういたせば」

「なにもせぬ。邪魔はせぬが、手助けもせぬ。手伝いを求められたら、やっている振りをするだけ。慣れぬ長崎の地じゃ。これだけで十分、足を引っ張れよう」

石山が決定した。

第四章　走狗《そうく》の心

一

長崎《ながさき》へはあらかじめ登録されている船しか入れない。

制限を掛けなければ、それこそ密《ひそ》かにオランダや清《しん》の船と取引をする者が出てきてしまう。何十、いや何百と船が入っては、とても一つ一つを見張ることはできなくなる。

これは建前であった。

しかし、嵐や急病人などでやむを得ず寄港するものまでは排除できなかった。板一枚下は地獄といわれる船乗りである。助け合いの精神は強い。幕府であっても、これを禁じることは難しい。

とはいえ、厳重な監視を付け、緊急の事態が収まるなり追い出した。

「どこの船であるか」

入ってきた船に佐賀《さが》藩の警戒船が呼びかけた。

準備していてもなにもない日が続くのだ。船を待機させるだけでも金はかかる。長崎警固の負担を少しでも軽くするため、常駐担当である福岡《ふくおか》藩と佐賀藩は交代で出務を決めており、現在は佐賀藩が当番であった。

「江戸《えど》、房総屋《ぼうそうや》の船でございまする。鍋島《なべしま》さまの江戸屋敷ではお世話になっておりまする」

入港してきた船から返答があった。

「房総屋か」

すでに長崎警固屋敷に所属する者には、房総屋への協力禁止は布告されている。

「当家出入りとはいえ入港はならぬ。ただちに引き返せ」

警戒船に乗っている藩士が、拒絶した。

「畏《おそ》れ入りまするが、こちらへお出《い》でいただけませぬか」

房総屋の船の船頭が船縁《ふなべり》から身を乗り出して求めた。

「なんじゃ」

緊急の事態を突き返したとなれば、水夫《かこ》たちが不満を持つ。さすがに房総屋の一件は水夫たちにまでは報《しら》されていない。

「船に傷はないな。急病人か」

しぶしぶ佐賀藩士が移乗した。

「愚かなまねをいたすなよ。鉄炮《てっぽう》で狙っておる」

移乗した藩士が、釘《くぎ》を刺した。佐賀藩の小早《こばや》二艘《そう》に乗っている鉄炮足軽が、房総屋の船目がけて筒先を向けていた。

「……はい」

辺りに目をやった船頭が、うなずいた。

「呼び寄せたのは何用からか」

佐賀藩士が問うた。

「こちらを」

船頭が房総屋から預かっている書状を出した。

「うん……」

怪訝《けげん》な顔で受け取った佐賀藩士がなかをあらためた。

「これは長崎奉行宮城《みやぎ》さまのご許可状」

佐賀藩士が驚いた。

「はい。我が主《あるじ》が直接お奉行さまからいただいたものでございまする」

「…………」

船頭の話に、佐賀藩士が沈黙した。

予定外の入港は面倒な手続きが要った。「わかった。通れ」ではすまなかった。

「ここで止《とど》まっておれ。動くでないぞ」

佐賀藩士が指示した。

警固役とはいえ、勝手に許可を出すわけにはいかなかった。

「あ、許可状をお戻しくださいませ」

「これは預かる」

船頭の求めを佐賀藩士が拒んだ。

「長崎奉行さまより、主にお手渡しいただいたものでございまする。万一がありましては困りまする」

「万一だと。拙者がこれをなくすと申すか」

佐賀藩士が怒った。

「そうは申しませぬ。ですが、わたくしもご許可状を預かったうえは、責任がございまする。お持ちになるならば、一筆お願いをいたしとうございまする」

船頭が預かり証を要求した。

「むっ」

正当な依頼に、佐賀藩士が詰まった。

「後ほど、わたくしから長崎奉行さまにお渡しいたしますので……」

「しかしだな。これなくば、船の入港を許可されていると証明できぬであろうが」

勢いを減じながらも佐賀藩士は認めなかった。

「では、わたくしが同道いたすということでいかがでございましょう」

「そなたを同道か……それしかないか」

船頭の提案を佐賀藩士が呑《の》んだ。

「わかった。ただし、そなたを乗せ替えた後、船は一度湾外まで下がれ」

佐賀藩士が指示した。

「それはあまりでございましょう。御家と当店の仲ではございませぬか」

船頭が格別扱いを求めた。

「わかっておる。だけに難しいのだ。黒田《くろだ》家や長崎奉行どのの目があるのだぞ」

逆にそれはまずいと佐賀藩士が拒んだ。

「……湾外に出てしまいますと、陸からの連絡が手間取りまする。これ以上、船を近づけないということで」

「付いて参れ」

佐賀藩士が妥協した。

長崎港の近くに長崎奉行所西番所があった。当番長崎奉行が立山《たてやま》の役所にいるため、ここは支配組頭が詰めていた。

長崎奉行所に属する役人たちは、皆、江戸の旗本であった。幕府の命で単身、長崎まで赴任していた。

「宮城さまのご許可状を持った者が参っただと」

佐賀藩士から船頭を引き継いだ支配組頭が、怪訝な顔をした。

「通せ」

とはいえ、会ってみなければなにもわからない。支配組頭が船頭を引見した。

普段であれば、船頭くらいを西番所にはあげなかった。支配組頭が玄関まで出向き、土間に膝《ひざ》をついた船頭と話をする。その慣例を支配組頭は破った。

「そなたが房総屋の船頭というのは、真《まこと》であるか」

最初に支配組頭は人定質問をした。

「房総屋の船頭、七兵衛《しちべえ》と申しまする」

船頭が名乗った。

「念のために問うが、房総屋とは日本橋《にほんばし》の廻船《かいせん》問屋の」

「さようで」

「娘御が大奥へあがっておられたな」

「はい」

長崎奉行支配組頭は、単身赴任で苦労させられるとはいえ、余得が多く、務めればかなりの蓄財ができる。禄高《ろくだか》の少ない旗本垂涎《すいぜん》の役目であるだけに、奪い合いがはげしい。その競争に勝ち抜いた支配組頭である。さすがに房総屋の背景を知っていた。

「宮城さまのお許し状でございまする」

「不要じゃ」

支配組頭が差し出された書付を拒んだ。

「何日おるのだ」

「用件がすむまで」

問われた船頭が曖昧《あいまい》な答えを返した。

「だいたいでよい。どのくらいだ」

「相手のあることでございますので……早ければ、明日。遅ければ一ヵ月以上かと」

船頭の答えはやはり幅の広いものであった。

「用件の詳細は聞かぬ」

はっきりと言わないが、支配組頭はかかわりになりたくないと首を左右に振った。

「……………」

船頭は沈黙した。

「その用というのは、船がなければならぬのか」

「いいえ。わたくし一人でことたりまする」

問われて船頭七兵衛が告げた。

「ならば、船は湾から出せ」

「帰りも船でなければなりませんので……」

長崎湾から姿を消せと命じた支配組頭に、船頭が気まずそうに言った。

「町から見えぬようにはせよ」

「承知いたしました」

支配組頭の指示に、船頭七兵衛が従った。

「うむ。下がれ。ああ、騒ぎを起こすなよ。とくに幕府お医師には近づくな」

続く面倒ごとに支配組頭は疲れていた。

「それは……」

船頭七兵衛が詰まった。

「……きさまもか」

支配組頭が嘆息した。

「あのお医師になにがあるというのだ」

「…………」

七兵衛は応《こた》えなかった。

「騒動だけは勘弁してくれ」

今度は頼むように支配組頭が口にした。

「できるだけご迷惑はおかけいたしませぬ」

そう述べながら、七兵衛が支配組頭へ近づいた。

「これは主から……」

すっと七兵衛が金包みを差し出した。

「……………」

無言で支配組頭が懐へ入れた。

「帰ってよい」

支配組頭が手を振った。

「ごめんを」

一礼して七兵衛は出ていった。

二

西番所から、寺町《てらまち》はそれほど離れていない。川を渡れば、延命寺《えんめいじ》までは近い。七兵衛はその日のうちに、良衛《りょうえい》のもとを訪れた。

「こちらに幕府お医師さまがお出でと伺いました」

「どうぞ。こちらでございまする」

ていねいに小腰をかがめた七兵衛に、延命寺の修行僧は患者だと疑いもなく案内した。

「矢切《やきり》先生、お客さまでございまする」

「かたじけのうございまする」

声をかけられた三造《さんぞう》が応対に出た。

「いえ。では、愚僧は」

案内を終えた修行僧が去っていった。

「どこかお悪いのでございましょうか」

三造が七兵衛に問うた。

「いえ。治療ではございませぬ。先生にお願いがございまして」

七兵衛が良衛への面会を求めた。

「……しばし、お待ちを」

患者でない場合、三造は一度良衛の都合を訊《き》く。これは従者として当然の対応であった。

「先生」

「聞こえている。吾《われ》に用だそうだが、どうだ」

最後の一言を良衛は声をひそめた。

「……いささか雰囲気が違いまするが、殺気などは感じませぬ。武器の類《たぐい》も見える範囲ではございませぬ」

はばかるような小声で、三造が応えた。

「……お入りいただけ」

良衛は七兵衛と会うことにした。

「失礼をいたしまする」

七兵衛が座敷の手前、控えの間襖際《ふすまぎわ》へ腰を下ろした。

「江戸日本橋廻船問屋房総屋の奉公人七兵衛でございまする」

「幕府寄合医師矢切良衛でござる」

最初に七兵衛が、受ける形で良衛が名乗った。

「茶も出さず申しわけないが、愚昧《ぐまい》になんの御用かの」

良衛は問うた。

「……主房総屋から、南蛮の秘術についてお教えいただいてくるようにと申しつかっております る」

「南蛮の秘術とはなんのことぞ」

求められた良衛は首をかしげた。

「おとぼけになられずとも」

「とぼけているわけではないぞ。なんのことかわからぬのだ」

「江戸で知らぬ者はおりませぬが」

「…………」

良衛は黙った。

南蛮の秘術と言われてわからないはずはなかった。良衛は将軍綱吉《つなよし》の密命でもあるお伝《でん》の方の依頼を受けて、長崎へ来ている。跡継ぎを失った綱吉の新たな子供を産むために、日本にはないオランダ式の妊娠法を求めに来たのだ。

「もちろん、十分な御礼を用意いたしておりまする」

「御礼とは」

良衛はあるともないとも答えずに訊いた。

「五十両」

一言で七兵衛が告げた。

「少ないの」

あっさりと良衛は断じた。

「……では」

一瞬、間を置いた七兵衛が続けた。

「百両」

「倍か。最初から言えばよいものを」

良衛はあきれた。

「これでも商人でございますので。安く買えるならば少しでもと」

七兵衛が言い返した。

「あいにく、愚昧は医者でな。命を値切るようなまねをしたことはない」

「それはそうしていただかねばなりませんな」

良衛の言いぶんを七兵衛も認めた。

「さて、ご返事をいただきたい」

「せっかくの大金ではあるがな。愚昧にはお売りするものがない」

「………」

首を左右に振った良衛を、七兵衛が窺《うかが》うような目で見た。

「ということで、お役に立てなんだな」

「あまり世間を狭くなさらないほうがよろしゅうございますよ」

帰れと言った良衛を七兵衛が脅した。

「世間を狭くするとは……」

良衛はわざとわからない振りをした。

「房総屋をお舐《な》めにならないことでございますよ。房総屋は江戸一の廻船問屋。江戸の薬種商さまのほとんどがお得意先。房総屋が言えば、薬種商さまが戸を立てますよ」

「戸を立てる。愚昧を閉め出すと」

「…………」

確かめた良衛に、七兵衛が笑った。

「知っていると思うが、愚昧の妻は典薬頭《てんやくのかみ》の娘だぞ」

薬種商が典薬頭を敵に回すはずはない。良衛を閉め出すことはなかった。

「房総屋は廻船問屋以外に、諸方さまへお金をご融通させていただいておりまして……なかにはご老中さまや、若年寄さまもおられまする」

後ろ盾を口にした良衛へ、七兵衛が語った。

「ふははっは」

典薬頭でも罷免させられると言った七兵衛に、良衛は笑った。

「なにがおもしろいのでございますかね。房総屋がお願いすれば典薬頭さまといえども無事ではすみませぬと申しあげたつもりでしたが」

七兵衛が不機嫌になった。

「勘違いをしているぞ。おまえも房総屋もな」

「どこを勘違いしていると」

説明を七兵衛が欲しがった。

「典薬頭は、神君家康《いえやす》公が医師の触れ頭として世襲を命じられたものじゃ」

神とされる家康の名前を出した良衛が、頭《こうべ》を垂れた。

「老中であろうが、若年寄であろうが、神君さまのお定めを一人ではどうしようもない」

「お一人とは限りませんよ」

複数の執政を動かせると七兵衛が脅しを重ねた。

「たとえ老中全部が、典薬頭の罷免を決めたとして、それを上様はお認めになるかの。愚昧を長崎へお出しになったのは、上様じゃ」

「…………」

七兵衛が黙った。

「罷免されるのは、典薬頭さまではなく、執政衆のほうになろうな」

「ご老中さまが、罷免されるなど」

「どうであろうな。上様にとってお世継ぎさまより重いものはなかろう」

否定しようとした七兵衛に、良衛は追い撃ちを掛けた。

「それでございまする。上様のお求めはお世継ぎさまでございましょう」

「ああ」

まちがいない事実である。七兵衛の言葉を良衛は認めた。

「主房総屋市右衛門《いちえもん》のお嬢さまが、大奥でご寵愛《ちょうあい》を受けておられまする。つまり、和子《わこ》さまをお宿しになられるお方のお一人。お露《つゆ》の方さまも南蛮秘術を知るべきでございまする」

七兵衛が主張した。

「なるほどの。まちがってはおらぬ」

「でございましょう。では……」

うなずいた良衛に七兵衛が身を乗り出した。

「お露の方さまにも、今回愚昧が長崎で学んだことを施させていただくことに異論はない」

「おおっ」

七兵衛が喜んだ。

「ただし、お伝の方さまがご懐妊なされてからである」

でもある」

「な、なにを」

七兵衛が戸惑った。

「愚昧を長崎まで来させてくださったのは、お伝の方さまであるからな。お伝の方さまより先に教えるわけにはいかぬ。これは医師としてではなく、人としての問題である」

きっぱりと良衛が断言した。

「わかりはしませんよ。お伝の方さまほどでないとはいえ、将軍さまはお露の方さまのもとへお通いでございまする。ならば、お胤《たね》を宿しても不思議ではございますまい。早い遅いなど些細《ささい》な違い。百両でございますよ。百両。これだけあれば、五年は贅沢《ぜいたく》できましょう」

ごまかしようはいくらでもあると七兵衛が良衛を誘惑した。

「お露の方さまが秘せると」

「お約束いたしましょう。決して他言いたさぬと」

黙っていられるかと訊いた良衛に、七兵衛が保証した。

「噂好きの大奥の女たちの口を塞《ふさ》げると思っているのか」

良衛はあきれた。

短い間とはいえ、良衛は御広敷《おひろしき》番医師を経験していた。御広敷番医師は、大奥の女たちを診療するのが役目である。当然、大奥の女たちと密接に触れあう。

男のいない大奥である。これは自然の摂理に反している。女たちの不満は溜《た》まる。そのはけ口が、贅沢であり、他人《ひと》の噂であった。

「なになにの方さまから上様のご寵愛が薄れたのは、閨《ねや》ごとの最中にあくびをなさったからだそうだ」

「上様のお目に留まるよう、某《なにがし》はわざと襟をくつろがせて、胸肌を見せたそうじゃ」

他人を貶《おとし》めるための誹謗《ひぼう》中傷に近い噂がほとんどであったが、なかにはどうやって知ったのかと思う真実もあった。

「上様のお食事に毒を盛ろうとした者が台所にいたらしい」

台所役人は大奥ではなく、表に属する御広敷にいる。本来ならば、決して大奥の女中の耳に届くことなどないはずなのだが、しっかりと大奥で拡がっていた。

「ご安心いただきますよう。お露の方さまの周囲は、房総屋の息がかかった者で占めておりますれば」

大丈夫だと七兵衛が言った。

「……はあ」

大きく良衛は嘆息した。

「なんでございましょう」

七兵衛が良衛の態度に怪訝な顔をした。

「もし、もしだ」

仮定の話だというのを良衛は強調した。

「愚昧が南蛮《なんばん》流の秘術を身に付けていたとしよう。それが他人でもできるものならばよいが、愚昧でなければできぬ施術であったときはどうするのだ。まあ、一度の施術ですめばよいが、上様お渡りの度にいたさなければならぬものであったら……」

「……目立つ」

「そうだ。局《つぼね》のなかは押さえられても、愚昧が出入りする下のご錠口《じょうぐち》を担当する女中や、廊下ですれ違う女中はどうする。その者たちが再々お露の方さまのもとへ通う愚昧を見逃すかの」

「………………」

七兵衛がなにも言えなくなった。

「施術ではなく、薬でどうにかするとしても同じだ。お伝の方さまと同じ薬をお露の方さまが購入されたとあれば、話題になるぞ。大奥の買いものは表使《おもてづかい》の差配だからな」

　さらに良衛が重ねた。

　表使は、さほど身分の高いものではないが、大奥に出入りする人とものを監督する。大奥を取り仕切るといっても過言ではない役目で、無事勤めあげれば、表の老中に匹敵する年寄へ出世することもできる。優秀な者でなければこなせない難役なのだ。その表使が、お伝の方とお露の方の一致の意味する裏に気づかないはずはなかった。

「表使ならば、金で……」

「できぬことを簡単に口にするものではないな。よけい信用できぬぞ」

　表使を買収するといった七兵衛を良衛は鼻先で笑った。

「大奥で誰がもっとも恐るべきか。それがわからぬ者が表使になれるはずもない。房総屋が近づいたとたん、表使はお伝の方さまに注進する」

「……うっ」

　七兵衛が反論できなくなった。

「それにさきほど、そちらが申したの。商人は金が大事だと。それからいけば、遊学の金を出して下さったにひとしいお伝の方さまを裏切るのは、禁忌であろう」

良衛が七兵衛を皮肉った。

「…………」

返された刃《やいば》に七兵衛が頬をゆがめた。

「まあ、あくまでも愚昧が南蛮の秘術を知っているとしての話。仮のことだがな」

良衛はもう一度念を押した。

「さあ、お帰りいただこう」

「このまま帰れるわけなかろうが」

商人としての言葉遣いを七兵衛が、かなぐり捨てた。

「なにもなしに江戸へ戻ってみろ。主からどのような目に遭わされるかわからぬのだぞ」

七兵衛が逆上した。

「少なくとも、長崎まで船を出した費用を弁済しなければならなくなる。どれだけの金額になるか……」

頭を抱えた七兵衛が続けた。

「長崎奉行支配組頭さまに差し出した挨拶《あいさつ》金も補填《ほてん》させられる。すべて合わせれば百両ではきかぬ。二百両をこえるかも知れぬ。儂《わし》は終わりじゃ」

　七兵衛が涙を流した。

「それは不幸なことだがな。愚昧には関係なかろう。さて、そろそろ日も暮れる。お帰り願おうか」

　冷たく良衛は見捨てた。

「あああああ」

　七兵衛が奇声をあげて、良衛を睨《にら》んだ。

「船を任されるまでに二十五年かかったのだ。その苦労を無にしやがって……」

「他人《ひと》のせいにするものではないな。もっと考えて動けば、長崎まで来ずともすんだものを」

　恨み言を良衛は受け流した。

「覚えていろ」

「忘れぬよ。逆恨みは怖いものだからな」

　捨てぜりふに良衛は真顔で応じた。

三

「おかえりで」

「やかましいわ」

山門で見送ろうとした修行僧に、七兵衛が罵声《ばせい》を浴びせた。

「やれ、とんだお方じゃ」

修行僧が深々と嘆息した。

延命寺を後にした七兵衛は、寺町通りを西へと足を運んだ。

「あの腐れ医者め。どうしてくれようか」

怒りはまだ収まっていなかった。

「殺してやりたいが、儂にはそれだけの腕がない」

商人に武芸の心得はない。廻船問屋に勤めているおかげで船頭になったが、喧嘩《けんか》などはしたこともなかった。

「かといって他人《ひと》を雇う金がない」

船を任されるほどである。給金も相応にはもらっているが、所詮《しょせん》は奉公人でしかない。それに江戸には妻と子供もいるのだ。自在に遣える金には限界があった。

「なんとかしてあの坊主頭の鼻をあかしてやりたい」

七兵衛が呟《つぶや》いた。

人の怒りというのは、そうそう持続しない。頭にのぼっていた血が歩くことでさがり、丸山《まるやま》遊郭の灯が見えるころには、七兵衛もかなり落ち着いた。

「医者を痛い目に遭わせる……そうだ。あやつよりも先に、南蛮の秘術を手に入れればいい」

ふと七兵衛が思いついた。

「とはいえ、儂に医術の心得なんぞはない。まして南蛮の言葉なんぞ、まったくわからん」

名案だと浮きあがりかけた気分が、また沈んだ。

「鍋島さまにお手伝いを頼むか……」

ちらと海を見るが、すでに日は落ちかけている。今から港に出ても、船へ近づく手立てはない。漁師でさえ夜舟は嫌がる。

「佐賀藩の小早を出してもらうことはできるだろうが、このていどのことで恩を着せられるのもよくないな。どうもこちらの連中は、房総屋がどれだけの金を貸しているかわかっていないようだ。それこそ、家老が土下座しなければならないほどだというに、江戸から離れると……田舎者は武家が商人のいうことを聞くのを嫌がる」

房総屋で出世してきた七兵衛は入港のおりに佐賀藩士が見せた態度が好ましいものではないと見抜いていた。

「ええい。こんなうっとうしい気分は、女《おなご》で発散するに限る」

七兵衛は丸山の遊郭へと踏み入れた。

「どこの見世がよかろうか」

懐の金との相談になる。船に戻れば房総屋から預かって来た金があるとはいえ、それに手をつけることはできない。遊びの金は自前で算段しなければならない。

「出して一分だ。一分で女と酒と飯をすませなければ、後が続かん」

七兵衛が立ち並ぶ見世を見回した。

「あのひときわ大きな見世は無理だな」

商人だけに、おおむねの見積もりはできる。

「ちょんの間ていどならば、一朱ほどでたりようが……」

一分は一千文ほど、一朱は二百五十文前後になる。

「今更、そんな安女郎を抱く気にはならぬ」

　若いうちの奉公人は、ほとんど給金ももらえない。かといって男としての欲情は強い。やむを得ず、吉原《よしわら》や岡《おか》場所で処理することになるが、金のない奉公人は、線香一本が燃え尽きるまで六十文だとか百文とかの端女郎《はしたじょろう》を買うしかない。

　端女郎はどこの見世でもおなじようなものであった。歳を取りすぎて人気がなくなっただとか、容姿が優れていないだとか、ひどいときになると病を得て体調を崩した者などである。

　そんな女しか買えないのが、奉公人というものであった。

　丁稚《でっち》から手代、番頭へと長年かけて出世してきた奉公人にとって、昔を思い出すものは、避けたい。

「大部屋は勘弁だ」

　安い遊女だと個別の部屋など使えない。大広間を枕屏風《まくらびょうぶ》だけで仕切った一畳ほどの狭いところでことをすませる。

　枕屏風は寝ている分には周囲が見えない。しかし、少し頭を上げたり、座ったりすると隣は丸見えになる。遊女の上で腰を振っている男の尻《しり》を見せつけられることも多い。

「あれは萎《な》える」

七兵衛が嘆息した。

「馴染《なじ》みがないからな。どこでもいいといえば、どこでもいいが」

遊郭の辻《つじ》で立ち止まった七兵衛が、どの見世に揚がるかを思案した。

「おい。先生の言われたこと、どうする」

「和蘭陀《オランダ》語の勉強か」

七兵衛の耳に若い男の会話が聞こえた。

「……和蘭陀語」

引っかかった七兵衛が注目した。

「和蘭陀商館の医学書を読んで、本朝の言葉になおすのだろう。そんなものできるわけない」

「学べばできよう」

首を横に振る源覚《げんかく》に、公伯《こうはく》が応じた。

「貴殿はよいな。道具を作らせ、使い方を考えるだけだからな」

源覚が公伯を見た。

「なっ……」

「道具は絵図がある。それを鍛冶《かじ》職人に渡し、作製させればすむ。使い方なんぞ、持てばおのずから知れよう。尖刀《せんとう》はどうやっても切ることにしか使えぬし、穿刺《せんし》は、突き刺すしかないとわかる形をしている」

「なにを言うか、源覚」

あまりの難癖に、公伯が驚いた。

「努力が違うであろうが」

源覚が重ねて言った。

「なにを言う。道具の絵図を手に入れるだけでも大変なんだぞ。和蘭陀商館への出入りは大野《おおの》どのが案内してくれようが、どの書物がよいかは愚昧が見定めねばならぬ。それだけではない。絵図の載っている本を見つけたとして、それを持ち出せぬのだ。わかるか。描かれている道具の絵図を、正確に愚昧が模写せねばならぬのだ。絵心などないにもかかわらずな」

公伯が反論した。

「そうならば、役目を代わろう。愚昧はいささか絵をたしなむでの」

交代しようと源覚が述べた。

「愚昧に和蘭陀語の修練をせよと」

「そうじゃ」

確認した公伯に源覚がうなずいた。

「無茶を言わんでくれ。それをできるほどの頭があれば、こんなところには来ぬ。江戸か京《きょう》で名のある流派に弟子入りしておるわ」

公伯が言い返した。

「愚昧も同じじゃ。あんな鳥がさえずっているような言語など、どうやってもわかる気がせぬ」

源覚も無理だと述べた。

「…………」

「はああ」

二人が顔を見合わせた。

「長崎に行ったという箔《はく》だけが欲しかったのだ」

「ご同様だな。あと、南蛮薬を手に入れる伝手《つて》を作ればとも思っているが」

公伯と源覚が消沈した。

「帰るか、国へ」

「このまま帰れるか」

源覚の案に、公伯が問うた。

「長崎遊学という看板は手にした。薬は何軒かの薬種商を回ればすむだろう」

「富山《とみやま》先生が黙って、我らを行かせると」

源覚の考えを甘いと公伯が否定した。

「…………」

公伯も黙った。

「先生の野望を聞いてしまったのだぞ」

「たしかに」

公伯の言葉を源覚が認めた。

「だが、大坂《おおさか》や岡山《おかやま》まで富山先生の手は届くまい」

源覚が大丈夫だろうと口にした。

「今はの」

公伯も同意した。

「だが、先生が幕府お医師になられたらわからぬぞ。幕府お医師となれば、諸大名家とのつきあいもできる。岡山の池田《いけだ》家とも大坂城代とも話ができる。そうなってから……」

「我らのことを池田家や大坂城代に話す」

「…………」

無言で公伯が首肯した。

「潰《つぶ》されるな」

医師は令外《りょうげ》、法外と言われている。人の命を救う崇高な仕事というのもあるが、そのじつは、どこでどう偉い人と繋《つな》がっているかわからないというのが主であった。医者にやくざが絡んだら、親分の命の恩人であったとか、町奉行の屋敷に出入りしていたとかであったということもある。それこそ、絡んだやくざは、首がなくなりかねない。

しかし、それにも限度があった。領主を敵にして生きていける医者はいない。

「親兄弟にも迷惑をかける」

坊主憎けりゃ袈裟《けさ》までの喩《たと》えもある。被害は己だけですまなかった。

「困ったの」

「うむ」

二人が腕を組んで思案した。

「もともと、あの幕府お医師が悪い」

「そうじゃ。あやつさえ来なければ、あと半年ほど丸山で遊んで、適当な南蛮手術道具と薬を土産に、故郷へ錦《にしき》が飾れた」

源覚の非難に、公伯も同調した。

「ちょいとよろしゅうございますか」

話していた二人に、七兵衛が声を掛けた。

「我らか」

「なにかの」

源覚と公伯が反応した。

「お話に出て参りました幕府お医師と言われるのは、延命寺におられる矢切良衛先生のことで」

「…………」

「まずいな」

二人が頰をゆがめた。

「いえ。ご安心を。わたくしは矢切先生とかかわりある者には違いませぬが、どちらかというと嫌いでございまする―」

「ほう。我らと同じだな」

公伯が少しだけ目を大きくした。

「おぬしは誰だ」

「これは申し遅れましてございまする。わたくしは江戸日本橋の廻船問屋房総屋のもので、七兵衛と申しまする」

頭を下げて七兵衛が名乗った。

「江戸の廻船問屋が、我らに何の用だ」

源覚が警戒した。

「ここでは話ができませぬ。いかがでございましょう。一席設けさせてはいただけませぬか」

「そなたが馳走《ちそう》してくれると」

「はい。と申しましても、さほど贅沢は無理でございますが」

訊いた公伯に、七兵衛が釘を刺した。

「我らの馴染みでよいか。朝まで遊妓《ゆうぎ》を抱いて、飲み食いともでおおむね一人二朱ほどですむ」

源覚が尋ねた。

「それくらいでございましたら、大事ございません」

三人で六朱、一分と二朱ですむ。七兵衛が首を縦に振った。

「こっちじゃ」

公伯が数軒先の遊女屋へ七兵衛を案内した。

四

「あらためまして……」

座敷で三人は互いに自己紹介をした。

「で、我らになにを求める。商人は無駄金を使うことを嫌うはずだ」

公伯が真剣な目で七兵衛を見た。

「さすがは大坂のお方。よくおわかりで」

七兵衛が感心した。

「医者は技術、商人は金。ちゃんと遣えて一人前じゃ」

公伯が口調をくだけさせた。

「安心してお話のできるお方でよろしゅうございました」

七兵衛が姿勢を正した。

「聞くとはなしに、さきほどの辻でお二人のお話を聞いてしまいました。まず、お詫《わ》びいたしまする」

近くで普通に話していれば、耳に入って当然だが、それに聞き耳を立てたり、割りこんだりするのは常識から外れる。七兵衛が頭を下げた。

「その上で、お二人に実《み》のあるお話をさせていただきまする」

「実のある話……」

源覚が怪訝な顔をした。

「お二人は、先生と呼ばれるお方から身を守りたい。まちがいございませんね」

「うむ」

「まちがってはおらぬ」

確かめた七兵衛に、二人がうなずいた。

「房総屋は江戸でも名の知れた廻船問屋。ご老中さまともお付き合いをいただいておりまする」

「ほう、房総屋が先生の手から我らを護《まも》ると言うか。あやしいの」

「代償はなんだ」

七兵衛の話の裏に、二人は気づいた。

「もちろん、ただでとは参りません。お二人は出島《でじま》へ出入りがおできになる」

「ああ。今までは無理だったが、明日からはできる」

公伯が七兵衛の疑問に答えた。

「南蛮流の産科秘術をお探しいただきたい」

「なんじゃそれは」

「そんなものがあるのか」

依頼された二人が首をかしげた。

「ございますとも。それを探るために、あの矢切は長崎へ参ったのでございますから」

「ほう。そうだったのか」

「産科術か。公伯どのは、ご存じかの」

二人が会話を始めた。

「いいや。産科は産婆《さんば》の仕事だからな。愚昧の父も手出ししておらぬ。源覚どのは」

「愚昧もまったくじゃ」

医師には専門がある。なにせ、病気の数は浜の真砂《まさご》ほどあるのだ。本道、外道、眼医、口中医、婦人医、産術など、大別するだけでも両手指では足らなくなる。それがさらに細分化する。とても一人でなんでもできるというわけにはいかなかった。

「幕府お医師は産術医だったのか」

「それはおかしかろう。産術の医師に富山先生が近づくとは思えぬ。先生も外道を標榜《ひょうぼう》しておられるのだぞ」

源覚の呟きを公伯が否定した。

「さようで。矢切は南蛮流外科術を専門としておるようで」

江戸であるていどの調べをしている、七兵衛が告げた。

「外科術専門の医師が、産科術を学びに来る……いささか妙だの」

「愚昧の実家のように、田舎医者だと本道、外道の境もあやしいがな。求められれば、なんでも診る。いかに門外漢とはいえ、素人よりはましじゃからの」

源覚が語った。

「まあ、矢切のことはよろしゅうございましょう。それよりも先生方、先ほどのお願いをお聞き届けいただけましょうか」

七兵衛が話を戻した。

「言われてもの、産術はわからん」

源覚が難しい顔をした。

「房総屋の七兵衛どのよ。我らへの報酬はまさか先生からの手出しを防ぐという形のない約束だけではなかろうな」

公伯が条件を問うた。

「……それでは不十分だと」

七兵衛が目つきを鋭くした。

「当然であろう。まず、富山先生が我らに手出しをするという前提で話がなっているのはおかしい。先生がなにもしてこなければ、我らは無事だ。また、先生が我らに手出しをするには、少なくとも幕府お医師にならねばならぬ。なれなければ長崎の町医者のままだ。とても池田家や大坂城代を動かすことなどなかろう」

一度公伯が言葉を切った。

「…………」

「さらに、手出しを本当に止めたかどうかの証拠は出せまい。我らの身分を保証すると書いた老中さま花押入りの文書でももらえれば別だがの」

大坂出身の公伯は、商人というものをよく理解していた。口約束で動く商人は怪しい。

「房総屋をお疑いで」

「悪いが、知らぬのでな。江戸へ行ったこともないゆえ」

低い声で言う七兵衛に、公伯は怯《おび》えなかった。

「なにをお求めで」

七兵衛が質問した。

「金だな」

はっきりと公伯が口にした。

「……いかほど」

金額を七兵衛が問うた。

「幾ら出す」

逆に公伯が問うた。

「なかなかに手慣れていらっしゃる」

「泉州堺《せんしゆうさかい》で生まれ育ったのだ。商いを毎日みてきたのだぞ。医術より、値段交渉は得意だ」

公伯が胸を張った。

「畏れ入りました。いかがでございましょう、二十両で」

「安すぎるな。誰も知らぬ秘術を和蘭陀商館まで出向いて探し出してくるのだぞ。二十や三十でできるものではない」

足らないと公伯が首を左右に振った。

「では四十両で」

「刻むな。思いきって来い」

公伯がもっと出せと要求した。

「五十両、これ以上は出せませぬ」

七兵衛が限界だと告げた。

「源覚どの、よろしいかの」

「あ、ああ」

入る余地のない交渉に、源覚は首を何度も縦に振った。

「一人頭五十両で決まりだ」

「ちょ、ちょっとお待ちを。お二人で五十両でございますよ」

決着したと公伯が手を叩《たた》いたのに、七兵衛が苦情を申し立てた。

「一人当たり二十五両だと。それでは話にならぬ」

「いや、あの公伯どの」

二十五両でも大金である。源覚が断った公伯に手を出した。

「お任せあれ」

源覚を公伯は手で押さえた。

「…………」

公伯と七兵衛がにらみ合った。

「わかった。二十五両でよいが、本朝の文章への翻訳は、そちらでしていただこう」

「なにを言われまするか。お仕事は探して、わたくしに届けるまで。中身が正しいかどうか、和蘭陀語では、判別つきませぬ」

七兵衛が反論した。

「わかるのか。翻訳したところで」

「我が国の言葉なれば読むに苦労はいたしますまい」

七兵衛が何とかなると主張した。

「それにわたくしが理解できずとも、江戸の医師に預ければ……。房総屋には何人もの医師が出入りしておりまする」

値切りの一つにするつもりか、七兵衛が述べた。

「翻訳はできぬぞ」

黙って見ていた源覚が口を出した。

「えっ……」

七兵衛が唖然《あぜん》とした。

「先ほども辻で話をしていたと思うのだがな」

「すべてが聞こえたわけではございませぬので。幕府お医師という言葉が耳に引っかかりましてからはすべて聞きましたが」

七兵衛が説明した。

「我らは和蘭陀語がわからぬ。わかるようならば、長崎に来て、地元の医師のもとでくすぶってなどおらぬ。自ら出島へ出向いて修業をしておる」

源覚が能力不足を明かした。

「では……」

「これ以上の値下げならごめん被ろう」

公伯が先んじた。

「しかしでございますよ。読めないものを渡されても、それが本物かどうかさえわからないではありませぬか」

七兵衛が文句を言った。

「通詞を雇えばよい。和蘭陀通詞ならば、和蘭陀語のほとんどが読める」

「ほとんど……」

七兵衛は聞き逃さなかった。

「和蘭陀通詞はもともと商用から生まれたものだ。医学、医術はわからぬ。当然、その用語も知らぬ」

公伯が口の端をつりあげた。

「それでは意味がございませぬ」

「我らなら、医学の用語はわかる。普通に使っておるからの」

悲鳴のような声をあげた七兵衛に、公伯が続けた。

「一人頭二十五両出すか」

「それは……」

七兵衛が詰まった。

房総屋から良衛を口説くために預けられた金は百両である。一人二十五両、二人で五十両ならば払える。

「…………」

七兵衛がじっと公伯の表情を窺った。

「源覚どの、二朱お出しあれ」

「ああ」

完全に公伯へ交渉をゆだねた源覚が言われるままに紙入れを出した。

「七兵衛どの、二人分で一分だ」

公伯が金を膳《ぜん》の上に置いた。

「では、縁がなかったということでな。参ろうか、源覚どの。いつもの妓が待っているぞ」

「承知した」

誘われた源覚が腰を上げた。

金を置いたというのは、おごりを断ったことになる。人というのは、たとえ一串《くし》五文の団子でも馳走になれば、引け目を感じるものである。それを公伯は避けた。

「……参りましてございまする」

代金を持てば、優位に立てる。それさえ拒まれてはどうしようもない。いや、ときが存分にあれば、このていどで引かずともすむが、長崎奉行所支配組頭からできるだけ早く出ていけと釘を刺されている。七兵衛に打つ手はなかった。

「お一人頭二十五両お支払いいたしまする」

「そうか。それは重畳」

もう一度座り直した公伯が、出した二朱を引き取った。

「では、遠慮なく馳走になろう。ほれ、源覚どの」

金を返して、公伯が盃《さかずき》を持った。

「ただし、金はものと引き替えでお願いします」

「もちろんだ。愚昧たちはかたり師ではなく医師であるからの。安心するがいい」

念を押した七兵衛に、公伯が機嫌良く応じた。

五

商人のことは商人に問えばいい。良衛は七兵衛が訪れた翌日、西海屋《せいかいや》を訪れて主の義兵衛《ぎへえ》に面談を申しこんだ。

「ご活躍のようでございますな。名医だと評判でわたくしも鼻が高い」

奥に案内された良衛と三造を西海屋が笑いながら迎えた。

「いやいや。とんでもないことでございまする」

名医と言われた良衛は手を振って否定した。

「治らぬ者はないとの噂もありますぞ」

「それは……」

あまりの評価に、良衛は顔色を変えた。

好評ほど怖いものはなかった。神のごとく讃《たた》えられていた医者が、一度の失敗で地元から追い出されてしまうことはままある。持ちあげられた高さが高ければ高いほど、落とされたときの被害は大きい。良衛は震えた。

「これは、はしゃぎすぎましたな」

良衛の様子に、西海屋が慌てた。

「いえ。失礼した」

良衛も西海屋に頭を下げさせたことを詫びた。

「気晴らしに参りましょう。おい、誰か引田屋《ひきたや》さんに、今から三人で行くと伝えてきなさい」

「西海屋どの、そのような……」

「こういうときは、気散じをするほうがよろしゅうございまする。ささ」

西海屋が良衛と三造を促した。

「ようこそのお出ででござゝいまする」

引田屋では、女将《おかみ》自らが出迎えた。

「ほう、女将直々とは、畏れ入る。これは、矢切さまがご一緒だからかの」

満面の笑みを浮かべて、西海屋がからかった。

「西海屋さまは、ご上客でございますから」

水商売を家業としている引田屋の娘である。女将はあっさりといなしてみせた。

「やれ、参った」

小さく額を叩いて、西海屋が降参した。

「奥へどうぞ」

女将が先に立った。

「あらためて、先日は助かった」

席に着いたところで、良衛は先日の礼を述べた。

「いえいえ。あれは引田屋から出たことで」

刺客が引田屋から直接延命寺に向かったことを女将は気にしていた。

「なにを言われるか。見世を出た後で悪事を働くのは、客の勝手。なにより、見世を出たら客ではありますまい」

良衛は女将にも引田屋にも、一切責任はないと否定した。

「寺町通りの一件でございますな」

さすがは長崎でも指折りの老舗《しにせ》である。しっかり事件を把握していた。

「あの馬鹿たちは、ここで一夜を過ごしたそうでございますな。まあ、長崎の男は誰でも、最後の夜は引田屋でと思いますな」

西海屋が語った。

「まあ、色気のない話はなくして、宴《うたげ》をしましょう」

「はい」

西海屋の言葉に、女将が首肯して手を叩いた。

「ようこそ、おいで」

椀《わん》を持った女中たちが入ってきた。

「今度は、正式な卓袱《しっぽく》でございまする。まずは、お鰭《ひれ》から」

女将が説明した。なぜか卓袱料理は最初に鯛《たい》の吸い物が出た。夏でも温かい椀ものから入るのは、食事を始めるに際し、胃を温めて食欲を増すためであった。

「……最近、なにかおもしろいことはないかの」

酒と食事が進んだところで、西海屋が女将に問うた。

「そうでございますね。一つ、あまりおめでたいという話ではございませんが……」

少し考えた女将が話し始めた。

「十日ほど前でございますが、出島行きの遊女が一人、怪我をいたしました」

「出島行きの遊女が……出島でか」

良衛が怪訝な顔をした。

「はい。聞いた話では、客の和蘭陀人から暴力を受けたとか」

「和蘭陀人が、遊女に傷をつけただと」

西海屋が目を剝《む》いた。

「南蛮人は女に優しいという評判であったはずじゃ」

「それは南蛮の地での話でございましょう。出島には南蛮の女がおりませんから、どうしても出島行きの遊女を買うことになりまする。それに南蛮人は金に厳しゅうございますから、出したものを得るまで、と申しますか、ご自身が満足されるまで、遊女を求められまする。それに遊女が応じないと……」

最後まで女将は言わなかった。

「金で買われるのが、遊女じゃからな」

西海屋がなんともいえない顔をした。

「で、その和蘭陀人は、どうなりました。奉行所に捕まりましたか」

良衛が問うた。

「和蘭陀人を捕まえるなど、奉行所はなさいませんよ」

「異国人は長崎奉行所の管轄でございましょう」

首を横に振った女将に、良衛は続けて訊いた。

「お奉行さまのもとに、この話はあがっておりますまい」

答えたのは、女将ではなく西海屋であった。

「どういうことでございますする」

良衛は驚いた。

「出島のなかでのことは、外へ出ませぬゆえ。出島乙名《おとな》が封じておりまする」

西海屋が述べた。

「出島乙名……」

「被害に遭った遊女には、相応の金を摑《つか》ませて黙らせる。これでなにもなかったことに」

啞然とする良衛に西海屋が言った。

「その和蘭陀人は……」

「自室で謹慎がよいところでしょうなあ。出島から放り出そうにも、船が来るのは秋。それまではどうしようもございませぬ」

「御上《おかみ》へ訴えて、牢《ろう》へ入れるとかは」

良衛は尋ねた。

「人を殺《あや》めたとあれば、そういたしましょうが、そうでなければ……和蘭陀とのもめ事は……」

「避けたいと」

「さようで」

最後の一言を引き取った良衛に、西海屋が首肯した。

「なんともはや……」

「出島は、我が国ではございませぬ。そのことをお忘れなきよう」

西海屋が釘を刺した。

「さあ、重い話はこれくらいにして、女将、矢切さまの面倒を見ておくれな。三造さん、こちらはこちらで」

「へい」

三造もあっさりと良衛を裏切った。

「あっ」

さっさと宴会座敷を出ていった二人に、良衛は手を伸ばした。

「先生、どうぞ」

すっと目の前に女将が片口を出した。

「わたくしではご不満でしょうが……」

「なにを言われるか。女将に酒を注いでもらえる男がどれほどいよう」

良衛は盃を差し出した。

「……うまい。やはり酒は美人の相手で呑むと違うの」

盃を干して、良衛は述べた。

「先生は、医師としてのお腕だけではなく、お口までうまいのでございますね」

女将がほほえんだ。

「真実なんだがの。人というのは、舌だけで味わっているのではない。目、鼻、耳、手など五感のすべてを使って飲み食いしているのだ」

話しながら、良衛は盃を女将に渡した。

「鼻をつまんで呑んでくれ」

「……はい」

女将が盃をあおった。

「味が……薄い」

呑み終えた女将が目を大きくした。

「もっともわかりやすい鼻で見てもらったが、他もそうだ。盃が陶器、漆器で手触りもかわる。当然、その影響も出る。目も同じ。好ましい風景を見ながら呑むのと、ただ壁に向かっているのとでは、違って当然であろう」

「わたくしは風景でございますか」

良衛の話に、女将が笑った。

「花見酒だな。美しい花を愛《め》でながら」

「…………」

女将が頰を染めてうつむいた。

「そういえば、腰はもう大事ないか」

良衛が訊いた。

「おかげさまで。立ち居振る舞いに支障はございません」

女将が手で腰を撫《な》でた。

「……そうか」

女盛りの尻に目を誘導された良衛が焦った。

「先生、意外と……」

うろたえる良衛に女将が驚いた。

「あのとき、わたくしの尻も遠慮なく触られておられましたのに」

階段から落ちた女将が腰を強打、所作に無理が出たのを良衛が治していた。

「診察、治療だと、裸を目にしても平気なのだがな」

良衛は女将の腰から目をそらした。

「それは」

女将が小さく笑った。

「先生も男さんでしたのですね」

「当たり前じゃ。まだ、枯れるには早いわ」

良衛はわざと大きな声をだし、雰囲気を変えようとした。

「ふふふ……先生、お過ごしを」

女将が片口を手にした。


南蛮屋の要望を受けた大島屋は、出島へ行く遊女に策を言い含めていた。

「あたしの儲《もう》けは―」

遊女が金を要求した。

「使いだけで金を取ると」

大島屋が拒んだ。

「だったら、手伝わないよ。あたしがどれほど嫌な思いをしながら、和蘭陀語を身に付けたと思っているんだい」

遊女が横を向いた。

出島へ出向いてオランダ商館員を客にする遊女は、閨だけを仕事にしているわけではなかった。もちろん、閨ごとをするのはまちがいない。だが、その前に酒席の相手をしなければならなかった。

酒を注ぎ、料理を取るだけでは酒席の相手にはならない。かといって、そこに通詞をいれるわけにはいかなかった。通詞の費用がでないというのもあるが、男と女の会話を通詞が仲介するのは、あまりである。

となれば、出島行きをする遊女がオランダ語を学ぶしかない。出島行き遊女は最初にオランダ語を学ぶ。もちろん、ただで教えてもらえるわけではない。オランダ語を話せる先輩遊女について出島へ入り、酒席の手伝いを無料《ただ》でするのだ。

「……一分でいいな」

「冗談じゃない。あいつとはできるだけ会いたくないんだよ。普段は仕事だと思うから我慢しているけど」

金額に遊女が首を横に振った。

「普通の和蘭陀商館員は、遊女といえども相手を決めて呼ぶけどさ、あいつはころころ敵娼《あいかた》を変える。馴染むつもりがないから、乱暴だし。玄海屋《げんかいや》の貞《さだ》さんなんか、殴られたじゃないか」

遊女が表情をゆがめた。

「……二分」

「ふん」

「わかった。一両だす」

「先払いで頼むよ」

南蛮屋から渡された金そのままであった。折れた楼主に、遊女が手を出した。

翌朝、良衛はいつものように出島へ向かった。

「おはようございまする」

出島と長崎をつなぐ橋の手前で、通詞の大野と富山が待っていた。

「おはようござる」

一応幕府医師の良衛がもっとも高位になる。良衛は軽い黙礼で応じた。

「矢切先生」

富山が話しかけた。

「この二人は、愚昧の門下でござる。向学の思い強く、和蘭陀の医学を学びたいと願っております。ご同道をお許しいただきたく」

富山が、後ろに控えていた源覚と公伯を紹介した。

「長崎奉行どののご許可をおとりであれば」

勉学好きな若者は好ましい。良衛は決まりさえ守ってくれればいいと認めた。

「愚昧は泉州堺の産、水野公伯でございまする」

「備前《びぜん》岡山の出、早川源覚と申しまする。よしなに」

公伯と源覚が頭を下げた。

「寄合医師矢切良衛である。御上御用につき、話はできぬが、見知りおいてくれ」

勉学の邪魔をするなと良衛は、二人に告げた。

「決して、お邪魔はいたしませせぬ」

「お約束つかまつりまする」

公伯と源覚がうなずいた。

「では、参りましょうぞ」

大野が先頭に立って、橋を渡った。

出島医師間宮鉄斎《まみやてっさい》にあいさつをすませた良衛は、さっそくオランダ商館内にある蔵書室へと移動した。

「これが和蘭陀商館」

「なんとも見事な」

初めてオランダ商館へ足を踏み入れた公伯と源覚が感嘆した。

「おいっ」

呆然《ぼうぜん》と蔵書室前の大広間に見とれている二人を、富山が小声で叱った。

「さようでございました」

「申しわけなし」

公伯と源覚が仕事を思い出した。

「大野どの……」

オランダ語を学べと言われた源覚は、大野に話しかけた。

「これをまず覚えていただきますよう」

大野が懐から手製の教本を取り出した。

「おはよう……ふっでもるへん。さようなら……とっつついん」

「いいえ。とっつぃんつ……でございまする」

たどたどしい源覚に大野が訂正を入れた。

「公伯、おぬしもだ」

富山が手を振った。

「どれを見れば……」

棚一杯の洋書に公伯が戸惑った。

「てきとうに開いて見よ。背表紙を見ても読めまいが」

苛立《いらだ》った富山が公伯を叱った。

「は、はい」

公伯が本棚へ近づいた。

「これは……要る」

良衛は気になるものを抜き書きにしていた。

「頼んだぞ。愚昧は間宮どのとお話をしてくる」

富山が席を外した。

「……」

見送った公伯が、あからさまに安堵《あんど》した表情になった。

「なにをお求めか」

良衛は公伯がなにを目的に出島に入りこんだかを問うた。

「南蛮流外科術の道具を」

「道具ならば、富山先生がお持ちだぞ」

かつて富山の診療所に行ったとき、良衛はオランダ式の尖刀や剪挟《はさみ》を見せてもらっている。

「それは……」

公伯が絶句した。

「ご存じなかったのか」

「ひ、秘伝でございますゆえ」

確認された公伯が、あわてた。

医術は門外不出がほとんどであった。なにかの利がなければ、その詳細を他人《ひと》に教えることはない。

「貴殿は富山先生の弟子なのであろう。出島に同道するくらいの高弟ならば、秘伝といえども道具くらい知っておろう」

「……」

公伯が黙った。

「答えぬならば、静かにせよ。勉学の妨げである」

事情を話さない相手に、気を遣うほど良衛はやさしくなかった。

「申しわけございませぬ」

叱られた公伯が蔵書室を出た。

「ふうう」

一人になった良衛はほっとした。

「なにがしたいのだか……」

愛弟子《まなでし》とも思えぬ公伯を連れてきた富山の行動に、良衛は不信を覚えていた。

期せずして大広間に集まった形になった大野、公伯、源覚の三人は顔を見合わせた。

「……………」

無言で三人が嘆息した。

オランダ商館のなかに入れているとはいえ、許しなく大広間で座ることはできなかった。大広間はあくまでもオランダ商館員のためのものであり、三人は部屋の片隅で固まっていた。

「なんだ……」

オランダ商館の正面扉が乱暴に開かれた。

大広間は正面扉からまっすぐ廊下を三間（約五・四メートル）ほど進んだところにある。

「……」

大広間の扉を突き破らん勢いで、長身のオランダ人が入ってきた。

「わと、へぶ、ゑ、げだん」

その気色ばんだ雰囲気に、大野が声を掛けた。

「Ｗａａｒ　ｉｓ　ｄｅ　Ａｒｔｓ」

オランダ人が大野を見た。

「うえるけ、あるとす」

医者はどこだと訊かれた大野が、誰のことかと問い返した。

「ｅｄｏ」

オランダ人が告げた。

「いん、で、びぶりおしいく」

大野が蔵書室を示した。

「…………」

礼も言わず、オランダ人が蔵書室へと入っていった。

「なんなんだ」

源覚がそのものものしい雰囲気に息を呑んだ。

第五章　長崎騒動

一

公伯《こうはく》に邪魔されたことで、良衛《りょうえい》の集中が切れた。

「腹立たしい」

良衛が吐き捨てた。

よき師に恵まれた弟子というのは、後学の者に優しい。己が師匠から適切な助言を受けたこともあるが、なにより愛情を注がれたからである。

良衛も江戸《えど》では、後輩に優しかった。弟子にもていねいに隠すことなく医術を教え、義兄になる二代目奈須《なす》玄竹《げんちく》へ秘蔵の書物を惜しむことなく貸す。

だが、その良衛の余裕がなくなっていた。

まず、オランダ商館に医者がいなかった。このため臨床の話をすることができず、書物から知識を得るしかなくなった。最新式の医術が書物になるには、どうしても数年かかる。さらにそれが極東の日本まで流れてくるのだ。早く見積もっても五年以上はかかっている。今、良衛がむさぼっているオランダ書物の知識は、すでに新しいものではない。

そこに長崎《ながさき》に入ってから繰り返される襲撃が加わった。いろいろとやってきた関係で、逆恨みをされていることくらいは理解している。とはいえ、頻発し過ぎた。出島《でじま》で要点を書き抜いたあと、寄宿先でそれを身についたものとすべくまとめあげる。その作業が邪魔され、大幅に遅れていた。

「いい加減にしろ」

良衛は不満を抱えこんでいた。

不満は、集中を妨げる。気が散った良衛は無理矢理精神を書物に戻そうとしていた。

「…………」

そこへオランダ人らしい大声が聞こえた。

「商館長どのか……」

五日に一度と約束しておきながら、ヘンドリック・ファン・ブイテンヘムは、忙しいとか、急用ができたなどと言いわけして、良衛との面会を断っていた。また、会ったとしても途中で退席してしまうことが多く、良衛の求める講義にはほど遠い。

かといって苦情は持ち出せなかった。

こちらは、研修をお願いしている立場なのだ。弟子に近い。弟子が師匠のやり方に異を唱えるなどとんでもないことであった。

また最初に長崎奉行川口源左衛門《かわぐちげんざえもん》に、奉行所はかかわらないと釘《くぎ》を刺されているのもある。

良衛に打つ手はなかった。

そこへ、富山周海《とみやましゅうかい》が弟子を同道してきた。弟子の面倒は師匠が見るものだと思えばこそ、同道を許したのに、さっさと富山周海はいなくなり、弟子は良衛を頼って来た。それも良衛の負担になっていた。

「いや、声が違う」

良衛は、大広間のほうへ目をやった。

「…………」

ヘンドリック・ファン・ブイテンヘムよりも大きなオランダ人が、腰を屈《かが》めて蔵書室へと入ってきた。

「どなたか」

剣呑《けんのん》な雰囲気を感じた良衛は問いかけながら、椅子から立ちあがった。

座った状態で攻撃を受けては、咄嗟《とっさ》の回避ができにくい。人は尻《しり》ではなく、足で動くようにできている。

「…………」

声を出さずにオランダ人が笑った。

「大野《おおの》どの」

通詞を求めて、良衛は叫んだ。しかし、大野はおろか、誰一人蔵書室へは顔を出さなかった。

「Ｓｔｅｒｖｅｎ」

オランダ人が叫んで、後ろ手に隠していた剣を振りあげた。

「ちっ。死と言うか」

医者としてもっとも触れあうオランダ語である。さすがに良衛も知っていた。良衛は後ろへ跳んで、間合いを空けた。

「ヒャハハハ」

甲高い声で笑いながら、オランダ人の男が剣を見せつけるように振り回した。

「さすがの膂力《りょりょく》だな」

大柄な良衛よりも二回りは大きいオランダ人の男の剣が大きな音を立てて、空気を裂いた。

「和蘭陀《オランダ》人にまで恨まれる覚えはないが……」

出島に入れるのは、幕府御家人ではなく、幕府寄合医師矢切《やきり》良衛である。両刀は差していない。守り刀は武士の身分として所持しているが、匕首《あいくち》よりも小さい。とても分厚い西洋の剣とやり合えるものではなかった。

「人を呼んで来い」

良衛が怒鳴った。

「なにもしなければ、あとで長崎奉行さまからお咎《とが》めを受けるぞ」

大野も富山が連れて来た弟子たちも信用できない。良衛は脅しをかけた。

「ウヒャヒャヒャ」

下卑た笑い声をあげながら、オランダ人の男が良衛に迫ってきた。

「……命には代えられん」

良衛は棚にある書物を抜き出して、投げつけた。

「ウワォ」

オランダ人の男が顔を覆った。

「今だ」

視界を遮ったと確信した良衛は、一気に前へ出た。

「はっ」

良衛は拳《こぶし》をオランダ人の男の鳩尾《みぞおち》に叩《たた》きこんだ。

「硬い……」

板に打ちこんだような手応《てごた》えに良衛は唖然《あぜん》とした。

「クハッ」

一瞬うめいたオランダ人の男が、すぐに剣を良衛へと振り下ろした。

「くっ」

慌てて良衛は逃げた。が、呆然《ぼうぜん》としたぶん、対応に無理が来た。一撃は食らわずにすんだが、大きく体勢を崩し、床へ腰を落とす羽目になった。

「しくじった」

すでに剣の間合いにいる。急いで起きあがろうとしても間に合わない。なにより、大きく重心を移動させる起きあがりの動きは、隙を生み出す。どれほどの名人上手でも、立ちあがるところを狙われたら、避けられなかった。

「………」

尻を床に付けてずりさがろうとする良衛を見て、オランダ人の男が口の端を吊《つ》りあげた。

「まだか」

助けが来るまで、なんとしてでも生き残らなければならない。良衛は、じっとオランダ人の男を観察した。

ゆっくり近づきながらオランダ人の男が、胸の中央を左手で撫《な》でていた。

「鳩尾に拳が入らなかったわけではないのか。身長の大きさに惑わされて、上を叩きすぎた」

先ほど、鳩尾だと思って拳を入れたのは、胸骨であった。胸骨は肋骨《ろっこつ》を胸の中央で支える骨で、結構硬い。もっとも胸骨はほとんど筋や脂肪の庇護《ひご》がなく、皮が一枚覆っているような状態であるため、打たれたりすると痛みがよく響いた。

「人体の構造は、本朝も和蘭陀も変わりなし」

己に言い聞かせるように、良衛は呟《つぶや》いた。

「急所は同じだ」

良衛は懐から守り刀を出し、鞘《さや》を外すなり、オランダ人の男へ投げつけた。

「フン」

予想していたのだろう、あっさりとオランダ人の男が剣で守り刀を弾《はじ》いた。

剣先が良衛から外れた。

「よし」

弾かれるとわかっていて投げた良衛は、これを待っていた。

起きあがるのではなく、前のめりにオランダ人の男の両足に抱きつくような形で、良衛は突っこんだ。

「Ｗａｔ……」

オランダ人の男が驚愕《きょうがく》した。

「よいしょおお」

力任せに良衛はオランダ人の男の両足を持ちあげた。

西洋の剣は斬るというより叩き割るといった形で用いられる。これは、鎧《よろい》や兜《かぶと》の上からたたきつけるという戦法を採るからである。そのため、かなり肉厚で重く作られていた。

「………」

守り刀を弾くために、力任せに剣を振るったことで腰の浮いたオランダ人の男は、良衛の持ちあげに耐えられず、後ろへと倒れこんだ。

「ギャッ」

受け身を取れなかったのか、知らなかったのか、オランダ人の男が後頭部を強打し、苦鳴をあげた。オランダ人の男の手から剣が離れた。

「よし」

良衛は落ちていた守り刀を拾いあげると、後頭部を抱えてのたうっているオランダ人の男の踵《かかと》、その二寸（約六センチメートル）ほど上を切った。

「アガアア」

その痛みにオランダ人の男が暴れた。

「足の筋を断った。もう、立ちあがれまい」

頭と左足のどちらを押さえればいいかと、痛みにうめいているオランダ人の男を良衛は見下ろした。

「Ｄａｍｎ」

大声で叫んだオランダ人の男が懐から短銃を出した。

「火縄がない。火打ち石式か」

すぐに良衛は気づいた。日本にはオランダから将軍に献上されたものくらいしかないが、すでに南蛮《なんばん》では通用している。火縄なしで撃てる短銃であった。

「…………」

なにかわからない言葉を吐いて、オランダ人の男が引き金を引いた。火打ち石が落ち、火花が散った。

「ちぃい」

良衛は左へと身体を傾けた。

火打ち石式短銃には、火縄が要らないという利点の代わりに、火花が散ってから火薬へ引火、発射するまで一拍の間がかかるという欠点がある。一拍といったところで、さほどの間ではないが、銃口を避けるには十分であった。

「……ッッ」

銃口を良衛に合わせて向きを変えたオランダ人の男だったが、より悪い状況になった。もともと発射の衝撃で命中率が落ちるところに、急な動きである。撃たれた弾は、良衛の脇腹をかすめるだけに終わった。

「つう……」

焼けた鉛の弾がかすった熱さが、良衛を襲った。

「撃たれたわけではない」

火傷《やけど》と銃創では痛みかたが違う。すぐに良衛は軽傷だと理解した。

「……人を襲えば、やり返される。その覚悟はあったろう」

短筒は一度撃てば、筒中を清掃したうえで、弾と火薬を装塡《そうてん》しなければ次弾の発射はできない。短銃は脅威ではなくなった。

「今度はこちらの番だな」

良衛は守り刀を捨てると、目の前に転がっていた剣を手にした。

「ステルベ」

オランダ語で死ねと宣して、良衛は剣を振りあげた。

「Ｈｅｌｐ、Ｈｅｌｐ」

オランダ人の男が、泣き声をあげた。

「Ｊｅ　Ｄｏｅｔ」

そこへオランダ商館長ヘンドリック・ファン・ブイテンヘムが駆けつけてきた。

「なにがあったと訊《き》いておうれますする」

大野が後から顔を出した。

「最初から見ていたのだろう。しっかりと話せ。嘘偽りを言えば、御上《おかみ》を敵に回すと思え。吾《われ》は上様直々に、長崎出島で南蛮流産科術を学べと命じられて、ここに来ている。長崎奉行どのといえども、吾を裁くことはできぬ。あとで、他の和蘭陀通詞と照らし合わせるからな」

大野は一度良衛へ、正しい翻訳をしないと言っている。良衛は大野をにらみつけた。

「う、上様の……そんな」

「でなければ、長崎奉行の川口どのが、通詞の手配までなさるものか」

長崎遊学で出島オランダ人と会談することは可能であった。ただし、そのときの通詞の手配は自弁である。しかし、良衛には長崎奉行所から大野が付けられていた。

「ひっ……」

良衛を脅したことを思い出したのか、大野が顔色をなくした。

「川口どのに報告されたくなければ、しっかりと伝えろ」

言葉遣いも荒く、良衛は大野をにらみつけた。

「は、はい」

大野が何度も首を縦に振り、ヘンドリック・ファン・ブイテンヘムに説明し始めた。

「Het is Wat Je」

ヘンドリック・ファン・ブイテンヘムが嘆息し、倒れているオランダ人の男を詰問し始めた。

「まちがいないと確認をなされておりまする」

大野がオランダ人二人の会話を訳した。

「嘘を吐いたら、殺すと言え」

良衛は剣をもう一度構えて、大野に指図した。

大野の言葉と、良衛の殺気にオランダ人の男が折れた。

「大島屋の遊女から、五十両で医者を殺してくれと頼まれたそうで」

オランダ人の男が自白したのを大野が伝えた。

「大島屋……」

「丸山《まるやま》の遊郭にある遊女屋でございまする。引田屋《ひきたや》ほどではございませんが、なかなかの見世でございまする」

いつの間にか戻って来ていた富山周海が説明した。

「どういうことだ。大島屋など知らぬぞ」

「大島屋には、悪い噂もござる」

首をかしげる良衛に、富山が告げた。

「誰かの依頼か。長崎奉行所へ参る。後の始末は、そちらとしてくれ」

「……待ってくれと言っておられまする」

出ていこうとした良衛をヘンドリック・ファン・ブイテンヘムが止めた。

「このたびのことまことに遺憾である。なんとか長崎奉行さまにはご内聞に願いたいと」

大野が続けてヘンドリック・ファン・ブイテンヘムの発言を通訳した。

「命を狙われたのは吾である」

良衛ははっきりと拒んだ。

「……それでは和蘭陀と日本の仲にひびが入る」

「知らぬわ」

厳しく拒絶して良衛はオランダ商館を出ていった。

二

出島乙名《おとな》たちも騒動には気づいている。

「矢切さま、落ち着かれて」

「どうぞ、こちらでお話を」

良衛の前を出島乙名たちが遮ろうとした。

「将軍家御用を承っている吾の邪魔をするというのだな」

権威を良衛は表に出した。

「それは……」

「お怒りはごもっともながら、和蘭陀との間が悪くなれば、出島が閉鎖されてしまいまする。さすれば、我ら出島町衆は生きていけませぬ」

出島が封鎖されれば、毎年払われている地代が入らなくなるだけではない。風味の落ちた砂糖を専売することで得ている利益も、交易での儲《もう》けも失うことになる。

出島乙名が必死になるのは当然であった。

「来たところで、医者もおらぬ。医学書の数も少ない。そんな出島に、吾は価値を見いださぬ」

良衛は拒んだ。

「矢切先生」

後ろで見ていた出島医師間宮鉄斎《まみやてっさい》が前に出てきた。

「落としどころは、その辺りでよろしいかの」

間宮鉄斎が問うた。

「そちらがお考えになることだ。ただし、大島屋のような輩《やから》を見逃すわけにはいかぬ。川口どのにはお話しいたすぞ」

闇を放置することは許さないと良衛は断言した。

「わかりましてござる。御一同。これ以上、矢切先生の道を遮っていると、より心証が悪くなりますぞ」

間宮鉄斎が出島乙名たちを制した。

「…………」

「頼みまする」

無言で横を通った良衛に、間宮鉄斎が頭を下げた。

長崎奉行所立山《たてやま》役所まで良衛は駆け続けた。

「寄合医師の矢切良衛でござる。お奉行どのにお目通りを願いたい」

役職を最初につけることで、良衛は御用上のものだと告げた。

「通せ」

良衛の本当の仕事が五代将軍綱吉《つなよし》の指示を果たすことだと知っている長崎奉行川口源左衛門は、すぐに応じた。

「……なにがあった」

いつもの座敷で待っていた川口源左衛門が、良衛の眉間《みけん》に深く刻まれた皺《しわ》に気づいた。

「さきほど……」

良衛は経緯《いきさつ》を語った。

「なんだと。和蘭陀商館員が鉄炮《てつぽう》まで持ち出して、おぬしを討とうとしただと」

「丸山遊郭の大島屋から派遣された妓《ぎ》から頼まれたと申しておりました」

「なぜだ。なぜ遊女が……」

川口源左衛門がうろたえた。

オランダ人が幕府医師を襲った。大事であった。これが江戸に知れれば、オランダと徳川《とくがわ》幕府の関係は大きく変わる。しかも良衛は綱吉の命で出島に出入りしていたのだ。綱吉の気分次第では、オランダとの交易は中止になる。そうなれば、出島はなくなり、長崎はただの港町に落ちる。九州《きゆうしゆう》の外様《とざま》大名を監督する長崎奉行が廃止になるとは思えないが、少なくとも今までのような余得は消える。

いや、その前に川口源左衛門は、騒動の責任をとらされて罷免される。これだけはまちがいなかった。そして、一度傷ついた旗本に、復帰の芽はない。

「矢切……」

「出島医師の間宮どのに、後始末を頼んで参りました」

「なぜ出島医師なのだ。出島乙名ではいかぬのか」

権限が違うだろうと川口源左衛門が怪訝《けげん》な顔をした。

「まともに話ができたのは、間宮どのだけでございましたので」

良衛は応じた。

「まちがいはないのか」

川口源左衛門が良衛をじっと見た。

「その場に通詞の大野がおりました。和蘭陀商館長ヘンドリック・ファン・ブイテンへムどのも。他に長崎の医師富山周海どのとその弟子二人も見ておりました」

証人には事欠かないと良衛は告げた。

「お疑いならば、お目付衆にゆだねましょう」

「い、いや、目付はまずい」

川口源左衛門は目付から長崎奉行に転じている。目付がどれだけ苛烈《かれつ》なものかはよくわかっている。

「まずは大島屋を押さえるべきでございましょう。上様御用を承る関係で、いろいろと逆恨みを受けてはおりますが……」

暗に将軍を巡る闘いに巻きこまれていると良衛は匂わせた。

「…………」

目付をしていた川口源左衛門である。五代将軍に綱吉がなったことで、甲府《こうふ》宰相徳川綱豊《つなとよ》との間に亀裂《きれつ》が入っていることは知っていた。

「長崎までとは思いもよりませなんだ。このままでは、御用に差し支えまする。その旨、江戸へ報《しら》せを出さねばなりませぬ」

「それはならぬ」

長崎奉行という旗本垂涎《すいぜん》の役目を失うわけにはいかない。思わず、川口源左衛門が厳しい声を出した。

「では、どうなさるおつもりか。川口どのも、愚昧《ぐまい》を……」

最後までわざと言わずに、良衛は川口源左衛門を見た。

「たわけたことを……」

叱りかけた川口源左衛門が、良衛がはっきり口にしていない意味に思いあたったのか、途中で止めた。

「誰か」

良衛から目をそらして、川口源左衛門が手を叩いた。

「お奉行さま、なにか」

すぐに当番の与力が顔を出した。

「丸山遊郭の大島屋を捕らえよ」

「大島屋でございますか」

いきなりの要求に与力が戸惑った。

「決して逃がすな。かならず捕らえよ。逃がしたら、一同無事ではすまぬと心得よ。これは上様にかかわることじゃ」

「上様……」

川口源左衛門の言葉に、与力が目を剝《む》いた。

与力、同心も江戸からの赴任であるが、皆長崎の生み出す利に染まっていた。有力な商人、遊郭とのつきあいは、与力、同心にとって禄《ろく》以上のうまみを与えている。大島屋へ情報を漏らす者が出かねない。川口源左衛門は、それをするなと厳命した。

「罪は江戸の一族にまで及ぶと思え。決して地役人を使うな」

「は、はい」

与力があわてて駆けだした。

江戸から赴任している役人だけでは足りないため、長崎奉行所は多くの地役人を抱えていた。地役人は長崎で生まれ、長崎に生きている。悪所とのつきあいも濃い。なにより、江戸を怒らせても、そうそう手は届かないのだ。奉行所の命など、平気で裏切りかねなかった。

「ここで待て。出歩くな」

川口源左衛門が、これ以上の面倒はごめんだと良衛を足止めした。

長崎奉行所に属する与力と、同心のすべて、合わせて二十五人が、丸山遊郭の大島屋を取り囲んだ。

「神妙にいたせ」

いかに無頼たちとのつきあいがあるとはいえ、客を迎える見世に常駐させるわけにはいかない。男衆だけでは、武芸を身に付けた捕り方に刃向かえるはずもなく、大島屋はその身柄を押さえられた。

「こんなことをして、ただですむと思っているのでは……」

「黙れ。猿ぐつわを噛《か》ませろ」

圧力をかけようとした大島屋を与力が殴打、口をきけないように塞《ふさ》いだ。

「旦那《だんな》、なにが……」

あわてて駆けつけた地役人にも、与力たちは応じず、奉行所へと急いだ。

「よくやった」

無事大島屋を捕らえてきた配下たちを褒めた川口源左衛門は、自ら取り調べに当たった。

「……南蛮屋《なんばんや》さんに頼まれ」

目付だった川口源左衛門の尋問は厳しく、半日ほどで大島屋が落ちた。

「南蛮屋……」

支配組頭の顔色が変わった。

「なにがあった」

川口源左衛門は、支配組頭を見逃さなかった。

「申しわけございませぬ」

支配組頭が南蛮屋が長崎にいると白状した。

「探し出せ」

ふたたび与力、同心たちが長崎の町へ散っていった。

長崎の異変に南蛮屋も気づいた。

「大島屋の旦那が、町奉行所へ連れて行かれた」

噂はすぐに南蛮屋の耳に届いた。

「しくじったか……」

南蛮屋は大島屋を信用してはいなかった。もとから金だけで繋《つな》がるのが闇の絆《きずな》である。命をはってまで守ってくれることなどない。

「長崎を出る街道は封鎖されていましょうな」

南蛮屋が首を横に振った。

「まあ、日見《ひみ》峠を登るほどの元気はございませんし」

もともと陸路は考えていなかった。

「船を出すにも、目立っては気づかれます。なにより、佐賀《さが》藩鍋島《なべしま》家に見つかってはまずいですからね」

「機を見るまで潜んでいなければなりませんが、出店《でだな》はとっくに見張られているでしょうしねえ」

南蛮屋が嘆息した。

「それにしても太郎《たろう》のやつ。ここまで面倒見てやった恩を忘れて……店の金まで持ち逃げするとは」

思い出した南蛮屋が怒りを再燃させた。

「このまま放置していては、他の奉公人にも悪影響が出ますからね。博多《はかた》に戻ったら、太郎の親元に文句を付けて……行方を知らないかどうかを問いただして、知らなければ商売のつきあいを利用しても探し出してくれる。見つけたら、どのような目に遭わせてくれようか。そもそも太郎がちゃんと命じたことを果たしていたら、わたしが長崎くんだりまで来なくてもすんだのだ」

己が置かれている状況の八つ当たりを、南蛮屋が太郎にぶつけた。

「さてと」

南蛮屋は、黒田家長崎警固屋敷へと身を移した。

「おかばいいただきますよう」

「…………」

黒田家長崎警固屋敷を預かる警固頭が、嫌そうな顔をした。

「おかばいいただけましょうな」

黙っている警固頭に、南蛮屋が低い声でもう一度言った。

「……できるだけ早く、出ていってくれ」

長崎奉行所とのつきあいは深い、すでに事情を知っている。警固頭が南蛮屋に条件を付けた。

「わかっておりますとも。わたくしも長居をするつもりは毛頭ございませんので」

南蛮屋が首肯した。

「そなたが乗ってきた船はどうする。目を付けられていよう」

「しばらく湾内に留《とど》めまする。わたくしが長崎を離れてから、出航するようにと指示しておりまする。船があるかぎり、町奉行所はわたくしが長崎に潜んでいると考えましょうほどに」

すでに手は打っていると南蛮屋が胸を張った。

「結構だ。しかし、長崎奉行の手配をかいくぐって、そなたを助けるのだ。これは貸しでよいな」

「……やむを得ませんな」

警固頭の主張を、南蛮屋が呑《の》んだ。

三

長崎に宿は多い。オランダ人や清国人《しん》との伝手《つて》はなくても、なんとか異国の物品を手に入れ、大きな儲けを手にしたいと考える商人が集まってくるからであった。

「博多の薬種商南蛮屋幸兵衛《こうべえ》が泊まっておらぬか。かばい立てする者は、同罪とする」

長崎奉行が滅多《めった》に使わない強権を発した。

「昨日までご逗留《とうりゅう》でございましたが……」

旅籠《はたご》の一軒が報告したのは、翌日の昼過ぎであった。

「なぜすぐに届けなかった」

与力が激怒した。

「お荷物も前払いのお金もまだございましたので、お戻りになるとばかり。お帰りになりましたらお報《しら》せするつもりでおりました」

「どこへ行ったかは」

「存じませぬ」

旅籠の主《あるじ》が否定した。

「もし、荷物を取りに来たら、すぐに届け出よ」

さすがに旅籠の主を捕まえるわけにはいかない。与力は、旅籠の主を解放した。

「南蛮屋は、黒田家出入りでございまする」

長崎の商人平戸屋志摩右衛門《ひらどやしまえもん》が、川口源左衛門のもとへ告げた。

平戸屋は、交易を一手に引き受ける会所の設立をもくろんでいた。すべての交易は会所を通じなければならないとし、その手数料を手にしようと考えた平戸屋にとって、長崎奉行の機嫌を損ねるのはまずい。また、会所に口出ししてきた南蛮屋を平戸屋は危険として見張っていた。

平戸屋は南蛮屋を売り渡した。

「福岡藩の長崎警固屋敷か」

川口源左衛門が苦い顔をした。

長崎奉行は戦力を持っていない。長崎に南蛮船が攻めこんできたとき、警固役の諸藩を指揮するだけで前線に出るわけではなかった。それだけに、長崎警固役の黒田、鍋島にはあるていどの気遣いをしなければならなかった。

「与力どもに手入れをさせるわけにはいかぬ」

諸藩の屋敷は出城の扱いを受ける。あからさまな咎が認められない限り、奉行所の役人を突っこませるわけにはいかない。もし、強行をして南蛮屋を捕らえられなければ、黒田家と争うことになった。

「わたくしが、参りましょうか」

平戸屋が手を上げた。

「どうするというのだ」

「南蛮屋がいるなら追い出せとお伝えしてきましょう。その代わり、長崎奉行所は黒田家に異心なきを認めると」

川口源左衛門の問いに、平戸屋が提案した。

「任せる」

「…………」

させてやるといった川口源左衛門を、平戸屋がねめつけるような目で見た。

「……わかっておる。会所のこと、同役の宮城《みやぎ》どのにも申し送っておく。また、江戸へ戻ったときには、ご老中さまにも有用だと進言いたそう」

会所の問題を川口源左衛門は認めてはいた。それを推進に立場を変えようと述べた。

「ありがとうございまする。あと一つお願いが」

「なんじゃ、申せ」

厚かましいなという不快を額に出しながら、川口源左衛門が促した。

「捕らえられている身元不明の侍を道具として使わせていただきたく」

「あやつをか」

求めに川口源左衛門が思案した。

「なにもなかったことにしてみましょうほどに」

「……なにもなかった」

川口源左衛門が繰り返した。

「はい。長崎は今日も平穏でございまする」

「わかった。後々の障りにならぬようにいたせよ」

「では」

首肯した川口源左衛門に、平戸屋が一礼した。

長崎商人をとりまとめているといっていい平戸屋の訪問である。いかに黒田家で警固頭の地位にあるとはいえ、無下にはできなかった。

「言わずともおわかりでしょう」

警固頭に会った平戸屋は、その表情からやはり南蛮屋を匿《かくま》っていると見抜いた。

「なんの話じゃ」

当たり前のことだが、警固頭としてはごまかすしかなかった。

「御家に傷が付く前に、片付けられたほうがよろしいかと。すでにお奉行さまはご存じでいらっしゃいまする。そう長くはご辛抱くださいませぬ」

「…………」

警固頭は黙った。

「江戸から大目付さまがご出座になる前に」

平戸屋が止《とど》めを刺した。

「大目付さまだと」

さっと警固頭の顔色が変わった。

大目付は別名、大名目付と呼ばれている。目付が旗本の監察を任とするのと同様、大名の非違を調べた。大目付に目を付けられた大名は、良くて転封、悪ければ改易になる。もとから幕府に睨《にら》まれている外様大名にとって、まさに鬼門であった。

「長崎まで来られるはずはない。そのような例はない」

警固頭が、否定しようとした。

昨今の大目付は、名誉職になりさがっていた。というのも由井正雪《ゆいしょうせつ》の乱で懲りた幕府が、浪人を生み出す大名の改易を避けるようになったからである。大目付は長年功績を重ねた旗本の上がり役となり、任じられた者は隠居するまで詰め所で茶をすするだけであった。

「今の上様が、前例をお気になさるとは思えませぬ。堀田筑前守《ほったちくぜんのかみ》さまのこともございますし」

「むうう」

平戸屋の言いぶんに警固頭が唸《うな》った。

堀田筑前守のこととは、大老就任の話である。大老は数人いる老中と違い、将軍一代の間におかれない場合が多い、非常の職であった。将軍に代わって大政を預かり、その権限は老中たちとは隔絶していた。天下を担うに近いことから、大老になれる家柄も決まっていた。徳川が三河《みかわ》の国主であったころから仕える譜代のなかでも格別な家でなければならない。

大老に推されるのは、井伊《いい》、酒井《さかい》、土井《どい》、堀田の四家である。このうち井伊、酒井は四天王として徳川が三河の土豪であったころから仕え、功績があった。四天王に並ぶほどの手柄はないが、やはり古くからの家臣で、家康《いえやす》、秀忠《ひでただ》、家光《いえみつ》の三代にわたって大政を預けられた能吏の土井利勝《としかつ》までは、大老の条件に合致している。

問題は堀田筑前守正俊《まさとし》にあった。堀田家は尾張《おわり》の出で、斉藤《さいとう》氏、織田《おだ》氏、豊臣《とよとみ》氏に仕え、関ヶ原《せきがはら》の合戦以降、徳川氏の旗本となった。三代将軍家光の乳母春日局《かすがのつぼね》と縁続きであったお陰で重用され、本家は断絶の憂き目にあったが、分家正俊は生き残った。その正俊に運が向いたのは、四代将軍家綱《いえつな》に世子がなかったことによった。五代将軍を誰にするかで幕閣が割れたとき、大老酒井雅楽頭忠清《うたのかみただきよ》の宮将軍案に一人反対、家綱の弟綱吉を擁した。その功績をもって綱吉に寵愛《ちょうあい》され、大老に補された。

しかし、どう見ても堀田家は譜代ではない。三代仕えれば譜代であるとするならば、初代正吉《まさよし》、二代正盛《まさもり》、三代正俊とぎりぎり入るが、とても他の大老格家とは歴史が違いすぎた。

「上様ならば大目付を長崎まででも出されましょう。聞けば、長崎へ研修できているあの幕府お医師さまは、上様のお気に入りでいらっしゃるそうで」

「それはまことか」

警固頭が顔色を変えた。

「直接川口さまから伺ったわけではございませんが、今回の長崎遊学もお伝《でん》の方さまのお願いを上様がお聞き届けになられたからだとか」

「お、お伝の方さま……」

南蛮屋に言われて、長崎警固屋敷は良衛へ刺客を向けている。警固頭の顔色が蒼《そう》白《はく》になった。

「ふうう」

襲撃は失敗、三人の遣い手を失い、一人の藩士が捕らえられるという結果になったが、平戸屋の話を聞いた今、良衛を殺さなかったことを警固頭は安堵《あんど》していた。もし、良衛を討っていたら、それこそ長崎奉行所をあげての探索となる。そうなれば隠しおおせるはずもない。黒田家は将軍綱吉の恨みを一身に受ける羽目になる。

「ところで……」

話を変えるぞと平戸屋が宣した。

「わたくし、一人のお侍さまをお預かりすることになりまして」

「それがどうした。そなたがなにをしようとも、黒田家にはかかわりないことじゃ」

警固頭が手を振った。

「立山役所におられるお方の始末をお任せいただきました」

「なんだと」

警固頭が身を乗り出した。

「人は面倒でございますね。生きている限り、なにをするかわかりませんし、いつしゃべるかという不安がありますな」

「…………」

口にした平戸屋に、警固頭はなにも言えなくなっていた。

「こちらも手放してよいのか」

名前は出さずに、警固頭が問うた。

「それはわたくしの口からは、なんとも申せません。なにせ、お金をお貸しするほうでございますから」

感情のない顔で平戸屋が応《こた》えた。

「捕まったらたいへんでございましょう」

「……なにが言いたい」

警固頭の声が低くなった。

「おや、ずいぶんと長居をいたしました。お仕事のお邪魔をいたしてはいけませぬ。わたくしはこれにて」

頭を下げて、平戸屋が腰を上げた。

「……ああ、そうそう。お侍さま一人、どこへお渡しすればよろしいでしょうかね」

足を止めて平戸屋が訊いた。

「船着き場あたりがよいのではないか。あそこならば、浪人でもできる荷役やらなにやらで仕事にはことかかないであろう」

「そういたしましょう。いつがよろしいでしょうか」

「明日、用意をしておこう」

警固頭が述べた。

「その者に金を貸していても、相手がいなくなればあきらめるしかなくなりますな」

「うむ。そうだな。金の貸し借りは相手が生きていてこそだ。もうよいな」

「はい」

うなずいた平戸屋が黒田家長崎警固屋敷を出た。

「さてと……これで黒田さまは踊ってくださいましょう」

平戸屋が閉められた黒田家長崎警固屋敷の門を見た。

「南蛮屋、博多の商人が長崎の会所に口出ししようなんて、傲慢《ごうまん》にもほどがありましょう。たかが一代でなりあがったていどの店が、何代も交易をまとめてきた我ら長崎商人の中心に座ろうなど……」

酷薄な笑いを平戸屋が浮かべた。

四

長崎奉行所の一室をあてがわれた良衛のもとに、間宮鉄斎が来たのは翌早朝であった。

「これを……差し上げるというわけには参らぬが、随意ご覧くだされ」

間宮鉄斎が小者《こもの》二人に書物を持たせていた。

「これは……商館蔵書室の」

良衛は目を剝いた。

貸出禁止とされていた医学書であった。

「これで堪忍していただきたい」

間宮鉄斎が頭を下げた。

「……どちらの詫《わ》びだ」

喜びを良衛は抑えて、間宮鉄斎を見つめた。

「出島町衆だ」

「和蘭陀商館はどうすると。愚昧の命を狙ったのは和蘭陀人だぞ」

良衛は黙《だん》り《ま》を許す気はないと言った。

「……わかっておりまする」

小さく間宮鉄斎が首肯した。

間宮鉄斎は出島医師である。出島医師は出島に出入りする日本人の治療を仕事としており、やむを得ない状況にならないかぎり、オランダ人を診察はしない。現在の商館長ヘンドリック・ファン・ブイテンヘムが医術の心得を持っているため、オランダ人との触れあいは浅い。

「人の命を奪おうとする行為は、医師として認められるものではござらぬ」

間宮鉄斎がうなずいた。

「ヘンドリック・ファン・ブイテンヘムどのは、できるだけ早く和蘭陀人医師の出島勤務を実現し、日本人に最新式の医学を教授すると約束されました」

「それは結構だが、愚昧にはなんにもならぬ。それまで長崎にはおれぬ」

良衛は認められぬと首を横に振った。

「その医師に江戸参府をさせ、矢切先生と面会の手はずをつけると」

「まことに」

良衛が耳を疑った。

オランダ商館長は毎年春、江戸まで行き、将軍家に対して拝礼をおこなうのが慣例であった。寛文《かんぶん》元年(一六六五)からは正月十五日に長崎を出発、三月一日に江戸城へ登城、将軍と面談、諸外国の状況などを報告した。

随員を伴うことも許され、江戸在府中は決められた宿に滞在し、外出には制限がかけられるとはいえ、勉学や文化交流を求める者との面会は認められていた。

江戸にいながら、オランダ人医師と話ができる。これは良衛にとって夢のような話であった。

「確約しておられまする」

はっきりと間宮鉄斎がうなずいた。

「さらに、そのおりには最新の南蛮医学書を矢切どのに進呈するとも言われておりました」

間宮鉄斎が付け加えた。

「おおっ」

新知識が満載された書物をもらえると聞いた良衛は歓喜の声をあげた。

「これでよろしゅうございますか」

「けっこうでござる」

なかったことにしてくれるかと確認した間宮鉄斎に、良衛は深く首を縦に振った。

「それは重畳。肩の荷がおりましてござる」

ほっと間宮鉄斎が安堵の息を吐いた。


間宮鉄斎が帰った後、良衛は早速医学書を紐解《ひもと》いた。

「好きなだけ使ってよい」

紙と筆を取りに延命寺《えんめいじ》まで帰りたいと申し出た良衛に、川口源左衛門は奉行所で使用している用紙をくれた。

長く保管するのが目的の役用紙は、良衛の求める品質を上回る。

「書きやすい」

良衛は夢中で、筆を走らせた。

「矢切どの。小者が参っておりまする」

昼餉《ひるげ》も摂《と》らず、医学書に没頭していた良衛のもとに、三造《さんぞう》が訪れた。

「どうした。吾ならば心配要らぬぞ」

良衛は三造に用件を問うた。

「江戸の兵部大輔《ひょうべだゆう》さまから、書状でございまする」

三造が延命寺に届いた今大路《いまおおじ》兵部大輔の書状を差し出した。

「義父《ちち》上から……」

良衛は首をかしげた。

江戸から長崎までは、三百三十里（約一三二〇キロメートル）以上離れている。書状一つ運ぶにも、相当な金と手間がかかる。

いかに今大路兵部大輔が千二百石の高禄旗本とはいえ、なんでもない用事で書状を送って来るはずはない。

「まさか、弥須子《やすこ》、一弥《いちや》の身になにか……」

妻と一人息子のことを良衛は案じた。

「先生……」

三造も声を失った。

「……違っていてくれ」

良衛は書状の封を切った。

地方と違い江戸には名医が集まっている。良衛と三造が長崎へ出向いているため、家内には女子供しか居なくなる。良衛は万一を考えて、二人を弥須子の実家今大路へ預けていた。今大路家は奥医師ではないが、曲直瀬《まなせ》流本道の家元である。なにかあっても安心だと良衛は思っていた。

「…………」

書状を読んだ良衛が天を仰いだ。

「先生、奥さま、もしくは若さまに」

三造が身を乗り出した。

「そうではなかった。が……長崎遊学の中止が決まった」

良衛が書状を置いて、瞑目《めいもく》した。

「えっ……まだ、長崎へ来て二カ月も経ちませぬのに、もう帰府のご命が」

聞いた三造も呆然とした。

「……上様のお指図じゃ」

どうしようもないと良衛は嘆息した。

「この書状は正式な使者が来るまでに、できるだけやり残したことがないようにと、義父上が気遣ってくださったものだ」

今大路兵部大輔の厚意に良衛は感謝した。

「では、どういたしましょう。なにをいたせば」

三造も気合いが入った。

「吾は筆写に励む。三造は西海屋《せいかいや》どのと協力して、珍しい薬などを買い求めてくれ」

「お金は」

手元にある金には限界があった。書物や道具などを買うことも考えに入れれば、薬だけに使うわけにはいかなかった。

「使い切っていい。書物は和蘭陀商館から貸し出されたこれだけで十分。新刊もいずれは手に入る。道具は江戸で作らせればいい。手持ちは帰りの旅費分を除いて、すべて薬代でよい」

「荷物が多くなりますが、送りの手配は……」

手荷物が増えると旅は困難になる。かといって荷物を江戸まで送るには金もかかる。なにより無事に着くという保証はなかった。

「大丈夫だ。この書状を届けてくれた船が、江戸まで連れていってくれるとある。義父上のご手配らしい。江戸から長崎まで船を往復させる。これには相当無理をなさっただろう。となれば、遊学打ち切りにも義父上がかかわっている……今度はなんだ」

今大路兵部大輔になにかしらの思惑があると気づいた良衛は苦い顔をした。

「……わかりましてございまする」

やはり頬をゆがめた三造が駆けだしていった。

長崎奉行所に捕らえられていた福岡藩士の曽根《そね》は、平戸屋によって解放された。

「この愚か者が」

長崎警固屋敷に戻って来た曽根を警固頭が叱責《しっせき》した。

「…………」

警固頭から怒鳴られた曽根は無言でうつむいた。

「任を果たすことなく縄目の恥辱を受けるなど、黒田の家中ではないわ」

「なに一つ口にいたしてはおりませぬ」

しゃべらなかったと曽根が警固頭をまっすぐ見た。

「当たり前じゃ。自慢げにいうことか」

警固頭が一言で曽根の自負を否定した。

「…………」

「医者がまだおるのだ。長崎に置いておくわけにはいかぬ。今日中に博多へ発《た》つ」

黙った曽根に警固頭が告げた。

「わかっておると思うが、国元は針の筵《むしろ》じゃぞ。宇佐《うさ》大隅《おおすみ》さまにも睨まれている。曽根の家が残れると思うなよ」

「肥田《ひだ》や千種《ちぐさ》たちの跡は……」

「嫡子に相続が許されよう。密《ひそ》かとはいえ、御用中の死じゃからな」

警固頭が告げた。

「それはあまりでございましょう」

曽根が警固頭に縋《すが》った。

武家にとって、家ほど大事なものはなかった。先祖が命がけで手にした禄を、子孫に伝えるのが武士の本質である。それができなかったとなれば、世間に顔向けできなかった。いや、それどころか、曽根の家族、一門まで藩内で白眼視される。

「生き恥をさらした者と命を捨てた者を同列に扱えるか」

「は、腹を切りまする」

鼻先で笑った警固頭へ、曽根が訴えた。

「今さら、なんの役にも立たずに死ぬ……それで家など残してもらえるわけなかろう」

氷のような目で警固頭が曽根を見た。

「では、どういたせば……」

曽根が泣きながら訊いた。

「藩のために死ね」

警固頭が命じた。

「……藩のために」

曽根が顔を上げた。

「そもそもことの発端はなんだ。南蛮屋が抜け荷の証拠になるべき出島産の薬草をあの医者に見られたことだ。いわば、我らは南蛮屋の尻ぬぐいをさせられたわけじゃ。なぜ、藩が南蛮屋ごときの言うことを聞き、藩士を死なせなければならないのか。それは、金を借りているからだ」

「…………」

黙って曽根が聞いた。

「南蛮屋がいなくなれば、二度とそなたや肥田たちのような者は出ぬ」

警固頭が声を潜めた。

「かといって南蛮屋を斬り殺すわけにはいかぬ。金を借りていた相手を藩士が斬ったとあれば、世間が許さぬ。それこそ、黒田家に金を貸してくれる者はいなくなる」

警固頭が続けた。

ここまで言われてわからないようでは、藩士としてやっていけるはずもない。

「では、どうすれば……」

曽根がなにをすればいいかと問うた。

「船の事故は多い。甲板から落ちる者など珍しくはない」

「よろしいのでしょうや。藩船に南蛮屋が乗っていると知っている者がおれば、斬り殺したも同然と見られましょう」

その案には無理があると曽根が反論した。

「南蛮屋は、長崎奉行さまより追われている。もっとも表向きじゃ。裏では捕まってもらっては困るのだ。長崎奉行さまもな。なにせ出島の和蘭陀人を刺客に仕立てたのだ。あからさまになってみろ。長崎奉行さまは終わりだ。かといって見逃しては、このあともなにをしでかすかわからぬ」

「まさか、南蛮屋がここにいることを長崎奉行は知っていると」

牢《ろう》内で責め問いをされたのだ。曽根は長崎奉行を呼び捨てにした。

「で、では、拙者が牢から出されたのも、長崎奉行の手配り……」

「…………」

きっと睨むような目つきになった曽根に、警固頭が沈黙をもって応えた。

「死ぬために解き放たれたのか」

曽根が瞑目した。

「役目での死としてやる。さすれば、家は残る」

「……違《たが》いなく」

「刀にかけて誓おう」

曽根の求めに、警固頭が脇差の鍔《つば》を鳴らし、金打《きんちょう》を誓った。

「長崎の港を出たところで、南蛮屋を道連れに飛びこめ。それならば死体が浜にあがっても刀傷は残らぬ」

「承知」

短く答えた曽根の声からは、力が失われていた。

五

　夕刻、福岡藩の旗を揚げた船が出航した。長崎警固役の船である。長崎奉行所の手が入ることはない。

「長崎奉行所も福岡藩に傷をつけられないようで、甘いですね。武家は相身互い身ですか。そんなもの、一文にもなりませんが……」

　外から見られてはまずいと、長崎港が見えなくなるまで船内に押しこまれていた南蛮屋が、潮風を吸いに甲板へとあがってきた。

「博多に戻りさえすれば、いくらでも今回の損失は取り戻せます。すべては手の内ですか、平戸屋。覚えていろ、このままではすまさぬ」

　会所へ手を出すなという平戸屋の手配だと南蛮屋は気付いていた。

「南蛮屋」

　長崎のほうを見て罵《ののし》っている南蛮屋へ曽根が近づいた。

「どちらさまでしたかの」

　藩から刺客に選ばれた曽根である。南蛮屋との面識はなかった。

「そなたの求めで、医者坊主を襲った者よ」

　曽根が言った。

「……失敗して奉行所に捕まったというのは、あなたさまでしたか。宇佐さまからは、金と引き替えに切腹させると聞かされてましたが……どうしてここに」

　南蛮屋が首をかしげた。

「福岡藩とのもめ事を嫌った長崎奉行が、それがしを放逐したのでな。最後のお役目を果たすために国元へ帰る船に乗ったのだ」

「長崎奉行……」

　陪臣にすぎない曽根が身内だけの場ならまだしも、南蛮屋がいる前で幕府高官を呼び捨てにするなどありえない。南蛮屋が怪訝な顔をした。

「海の果てに夕日が沈む。海面に光の道ができておるな」

　手すりに近づいた曽根が感動の声をあげた。

「たしかに美しい光景ではございますがね。どうせならば、満足した気持ちで見たいものでございますな。今の気分では陽の色さえ腹立たしい」

　南蛮屋が首を左右に振った。

「商人が満足するときなど来るのか」

曽根が問うた。

「参りますよ。思惑通りに大もうけをしたときとか、群がる者たちを蹴散《けち》らして、目的のものを手にしたときとか、同業者を出し抜いたときとか……もっとも、すぐに次の欲が出て参りますので、一瞬だけですがね」

南蛮屋が続けた。

「今は、このわたくしの足を引っ張ってくれた連中を酷《ひど》い目に遭わすまで、満足できませんが」

「人の不幸も願うとはの」

「やられたらやり返す。これがなければ商いで勝てませぬ」

南蛮屋が宣した。

「そなたは、不幸も含めて、ずっとなにかを求めていると申すか」

南蛮屋の言いぶんに、曽根があきれた。

「商人とは満足を知らぬ者でなければ、大成いたしませんよ。ここでいいと思った途端に、商いは衰退を始めまするので」

持論を南蛮屋が滔々《とうとう》と述べた。

「他人《ひと》を犠牲にしてもか」

曽根が問うた。

「他人を気遣っているようでは、大きな商いはできません。お武家さまでも同じでしょう。他人を蹴落とさなければ、出世できませんでしょう」

南蛮屋が淡々と述べた。

「よくわからぬな。我らは手柄を立て、その褒賞として禄をいただいておる」

武家である曽根には理解できないものであった。

「手柄も他人から奪うものでございましょう。敵の首が最たるもの。相手の命を奪って、生活の糧に変えている。お武家さまのほうが、露骨でございましょう」

武士の矜持《きょうじ》を言う曽根を南蛮屋が鼻先で笑った。

「……いつおぬしは満足するのだ。日本一の大店の主《あるじ》になったときか」

「日本一になったら、次は南蛮、清にも通じる店を目指すでしょうなあ」

曽根の問いに南蛮屋が首を左右に振った。

「まあ、そこまでわたくしは生きておりますまい。たぶん、死ぬまで満足いたしませんでしょう」

南蛮屋が感慨深げに告げた。

「曽根」

後ろで見ていた警固頭が合図を出した。

「…………」

表情を消した曽根が、南蛮屋に近づいた。

「な、なんです。なにをする気だ。わかっているのか。儂《わし》は黒田家に何万両も貸しているのだぞ」

南蛮屋が曽根の剣呑な雰囲気に気づいた。

「満足を教えてやる。生きているだけで人は十分なのだ。それを思い知れ」

「刺すなよ。死体が上がったとき、刀傷があってはまずい」

警固頭が曽根に念を押した。

「わかっておりまする」

「きさまら……儂を殺す気だな。そのようなことをしてみろ。黒田家が抜け荷をしていた証拠が、大坂町奉行所に届くことになる」

南蛮屋が脅しで、助かろうとした。

「そんなもの、訴え出た者がいなくなれば、確かめようもなかろう。ああ、今頃は博多の店にも手が入っているはずだ。闕所《けっしょ》は免れまい。罪などいくらでも作りあげられる。おまえはやり過ぎた。宇佐さまを怒らせたのだ」

警固頭が言い返した。

「くそっ。武士はこれだから……」

「おい、曽根。さっさとせい。うるさくて聞いておれぬ」

「かならず……」

「わかっている。きさまの死は名誉あるものとして扱われる」

最後の確認をした曽根へ、警固頭がうなずいた。

「…………」

「なにをする。やめろ。助けてくれ。金ならくれてやる」

曽根が南蛮屋の腰を抱え、舷側《げんそく》へと引きずり、そのまま海へ飛びこんだ。

「……船頭」

「へい。この辺りは潮の流れが急でございまして。まず、助かることはございやせん。周りに船影も見えませんし」

問われた意味をすぐに理解した船頭が答えた。

「うむ」

満足そうに、警固頭がうなずいた。

今大路兵部大輔の報せから五日、御用飛脚が長崎奉行所の門を潜った。幕府御用で将軍、老中、京都《きょうと》所司代、大坂《おおさか》城代、道中奉行などが使用できる継飛脚《つぎびきゃく》は、宿場ごとの交代で昼夜問わずに駆け抜け、江戸と京を四日ほどでつなぐ。もっともこれは、急用に用いられるもので、大坂から西には整備されていない。

江戸から長崎までは、それなりの日数がかかった。

「矢切、上様の御諚《ごじょう》である。ただちに遊学を中止し、急ぎ江戸へ戻るよう」

御用状を確認した川口源左衛門が、良衛を呼び出して告げた。

「承りましてございまする」

将軍の命である。諾以外の答えはない。良衛は平伏《ひれふ》して受けた。

「いつ発つ」

川口源左衛門が訊いた。

「お伝の方さまのご依頼にお応えできる薬の準備に、明日《あす》一日いただければ、明後日《あさって》には長崎を離れられるかと」

「……うむ」

お伝の方さまの名前を出されては、何も言えなくなる。川口源左衛門が認めた。

「準備がございまする。延命寺へ戻っても……」

「かまわぬ」

禁足を解くようにと求めた良衛に、川口源左衛門がうなずいた。

「では、これにて。ご多用と存じまする。出立での挨拶《あいさつ》は遠慮させていただきまする。なにかとお世話になりましてございまする」

良衛が礼を述べた。

「いや」

川口源左衛門がどうとでも取れる返答をした。

「甘味は抑えてくださいますよう。また、夜はしっかりとお休みなさいませ。ではこれにて御免」

医者としての忠告を残して、良衛は立山役所を出た。

「やっと行ったか……これで安堵だな」

残った川口源左衛門が、ため息を吐いた。


立山役所から良衛は出島へ直行した。

「間宮どのにお目にかかりたい」

良衛は出島に入らず、門まで間宮鉄斎を呼び出してもらった。向こうがわに責任があるとはいえ、良衛はオランダ商館員一人をほぼ再起不能状態にしている。現場にいた商館長ヘンドリック・ファン・ブイテンヘムはなにもしないだろうが、あのオランダ人と親しかった者すべてがおとなしくしているとは思えなかった。

明後日には長崎を発つ。

良衛もこれ以上のもめ事は勘弁して欲しかった。

「これは矢切先生」

待つほどもなく、間宮鉄斎が出島の門まで顔を出した。

「お忙しいところ、お呼びだていたしもうしわけございませぬ」

まず良衛は頭を下げた。

「いえ。患家がおらぬ医師はすることもございませぬからな」

間宮鉄斎が苦笑した。

「で、御用は」

「江戸へ戻ることになりましてございまする」

「ほう……長崎奉行さまのお指図でございますかな」

良衛の報告に、間宮鉄斎が眼を細めた。

「ならば、いささか肚《はら》ができては……」

「いえ、上様のお召しでございまする」

間宮鉄斎が川口源左衛門の肝が小さいと言いそうな顔をしたので、良衛はそれに押し被《かぶ》せた。

「それは……」

間宮鉄斎が気まずそうな顔をした。

「もうお別れをいたして参りましてござる」

川口源左衛門に話すことはないと良衛は保証した。

「……で、御用は」

ほっとした顔で間宮鉄斎が訊いた。

「出島のなかに薬草畑がございました。あのなかに、愚昧の知らぬものがいくつかあり、それがなんなのか先生はご存じでございましょうや」

「申しわけないが、出島の薬草畑は商館の管轄でな。なにが植えられているかは知らぬのだ」

間宮鉄斎が首を横に振った。

「まあ、矢切先生が望まれるならば、商館長も分けてくれるだろう。話をして参ろうか」

「……むぅ」

良衛は思案した。

「精製法と薬効を知らなければ、使えませぬ」

薬は諸刃《もろは》の剣であった。しっかりと効能、使用量を把握しておかなければ、毒になりかねなかった。

「今から説明を受けている間もございませぬ」

やることは山のようにあった。

「愚昧から商館長に伝えておこう。いずれ和蘭陀から医師が来たときにでも、詳細を問うて、江戸へ送らせよう」

「そこまでお手間をお掛けしては」

長崎から江戸まで書状と荷物を送るとなれば、かなりの費用が要った。

「なに、それは乙名たちに払わせるさ。出島を潰《つぶ》されるよりはましだろう」

間宮鉄斎が笑った。

「かたじけのうございまする」

「いや、こちらこそよ。出島医師は患家が出島に出入りする者だけになる。同じ者を診るのは、惰性になる。そして同じ療法には失敗がない。ようは新たな勉学をせずとも務まる。だが、それではいかぬと貴公を見て思った。もう不惑を過ぎ、家督を息子に譲って楽隠居しようと思っていたが、せっかくの出島医師じゃ。新任の和蘭陀人医師が来るまで頑張ってみようと考えておる。新式の医学……今から心躍る。何年ぶりかの」

間宮鉄斎が目を輝かせた。

「では、これにて」

別れの言葉を残し、良衛は出島から離れた。

良衛が長崎を出るという話は、川口源左衛門から通詞大野次郎三郎《じろうさぶろう》への解任通知で拡がった。

「そうか……」

オランダ商館での事件に巻きこまれたことで心折れた富山周海は、大野の報せにそうなずいただけで終わった。

「まずいな」

「ああ」

公伯《こうはく》と源覚《げんかく》の二人は、そうはいかなかった。房総屋《ぼうそうや》の船頭から、すでに前金代わりの饗応《きょうおう》を受けてしまっている。それでいながら、なにもできていない。二人は、房総屋の船頭が宿泊している旅籠へ走った。

「幕府医師が江戸へ帰ると。で、先生方、少しは秘術の目途《めど》がつきましたか」

「それがな」

公伯が苦い顔をした。

「出島で騒動があっての。長崎奉行所から出島入りの許可が出ぬのだ」

源覚が頭を掻《か》きながら告げた。

「それでは、南蛮の秘術は……」

「大丈夫だ。かならず手に入れてみせる。ただ、しばらくときが要る」

驚いた房総屋の船頭に、公伯が言った。

「冗談じゃない。あの医師よりも遅れて江戸入りなんぞしたら、旦那からどのような目に遭わされるか」

あわてて房総屋の船頭が旅籠を飛び出した。

「あの医者は」

その足で延命寺へ駆けつけた。

「さきほど当寺からは引き払われましたぞ」

応対した延命寺の修行僧が、もういないと首を横に振った。

「まずい。急ぎ江戸へ戻らねば。お伝の方さまの次に秘術を教えるとの約束を果たしたと申しあげるしかない。とにかく、医者より先に江戸へ帰って、手はずを……」

船頭が港へと走った。


西海屋で長崎最後の夜を過ごした良衛は、朝餉《あさげ》をすませるなり、草鞋《わらじ》を履いた。

「世話になった」

「いえいえ。名古屋玄医《なごやげんい》先生から託されておきながら、十分なお世話をさせていただけず、恥じ入るばかりでございまする」

西海屋が詫びた。

「いや、随分と助かった。遊学の期間がこれほど短いにもかかわらず、これだけの成果を持ち帰れるのは、ひとえに西海屋どののお陰である」

店の前にある菰《こも》包みを山積みにした荷車を良衛は見た。

「それでもまだ名古屋先生からお預かりしたお金は半分も使っておりませぬが」

良衛の本道における師である京の名医名古屋玄医は、良衛の勉学の助けにと百両の金を西海屋に預けていた。

「残った金で、またいろいろとご手配願いたい」

師の心づくしを使わないで返すのは失礼にあたる。良衛は西海屋に頼んだ。

「承知いたしましてございまする」

西海屋がうなずいた。

「引田屋の女将《おかみ》にはなにか」

笑いを浮かべた西海屋が尋ねた。

「なんでしたら、後日、江戸までお送りいたしまする」

「……なにを」

からかわれたとわかった良衛は、渋い顔をした。

「いささか、女将を落とすにはときが足りませなんだな。あと二カ月、いや一月《ひとつき》あれば……」

「勘弁してくれ。妻がおるのだ」

良衛は嘆息した。

「おや、産科を学ばれるならば、女《おなご》を知らずばなりますまい。人の身体を知らずして、外道がなりたたぬのと同じでございまする」

西海屋が反論した。

「なにか正しいことを言われた気がするわ……」

良衛は苦笑した。

「では、これで」

名残は惜しいがいつまでも話してはいられない。良衛は別れを告げた。

「はい。お気をつけて」

西海屋も頭を下げた。

「もう、来ることもあるまい」

良衛は長崎の町並みを脳裏に焼き付けるように見回しながら、船着き場へと進んだ。

本書は書き下ろしです。

表《おもて》御《ご》番《ばん》医《い》師《し》診療禄《しんりようろく》8

乱用《らんよう》

上田秀人《うえだひでと》

平成28年 8月25日　初版発行
令和7年 4月15日　4版発行

発行者●山下直久

発行●株式会社KADOKAWA
〒102-8177　東京都千代田区富士見2-13-3
電話　0570-002-301（ナビダイヤル）

角川文庫 19924

印刷所●株式会社KADOKAWA
製本所●株式会社KADOKAWA

表紙画●和田三造

◎本書の無断複製（コピー、スキャン、デジタル化等）並びに無断複製物の譲渡および配信は、著作権法上での例外を除き禁じられています。また、本書を代行業者等の第三者に依頼して複製する行為は、たとえ個人や家庭内での利用であっても一切認められておりません。
◎定価はカバーに表示してあります。

●お問い合わせ
https://www.kadokawa.co.jp/（「お問い合わせ」へお進みください）
※内容によっては、お答えできない場合があります。
※サポートは日本国内のみとさせていただきます。
※Japanese text only

©Hideto Ueda 2016　Printed in Japan
ISBN978-4-04-104766-8　C0193

◆◇◇

角川文庫発刊に際して

角川源義

第二次世界大戦の敗北は、軍事力の敗北であった以上に、私たちの若い文化力の敗退であった。私たちの文化が戦争に対して如何に無力であり、単なるあだ花に過ぎなかったかを、私たちは身を以て体験し痛感した。西洋近代文化の摂取にとって、明治以後八十年の歳月は決して短かすぎたとは言えない。にもかかわらず、近代文化の伝統を確立し、自由な批判と柔軟な良識に富む文化層として自らを形成することに私たちは失敗して来た。そしてこれは、各層への文化の普及滲透を任務とする出版人の責任でもあった。

一九四五年以来、私たちは再び振出しに戻り、第一歩から踏み出すことを余儀なくされた。これは大きな不幸ではあるが、反面、これまでの混沌・未熟・歪曲の中にあった我が国の文化に秩序と確たる基礎を齎らすためには絶好の機会でもある。角川書店は、このような祖国の文化的危機にあたり、微力をも顧みず再建の礎石たるべき抱負と決意とをもって出発したが、ここに創立以来の念願を果すべく角川文庫を発刊する。これまで刊行されたあらゆる全集叢書文庫類の長所と短所とを検討し、古今東西の不朽の典籍を、良心的編集のもとに、廉価に、そして書架にふさわしい美本として、多くのひとびとに提供しようとする。しかし私たちは徒らに百科全書的な知識のジレッタントを作ることを目的とせず、あくまで祖国の文化に秩序と再建への道を示し、この文庫を角川書店の栄ある事業として、今後永久に継続発展せしめ、学芸と教養との殿堂として大成せんことを期したい。多くの読書子の愛情ある忠言と支持とによって、この希望と抱負とを完遂せしめられんことを願う。

一九四九年五月三日